青春狂気ブルース

野良生治

デザイン　今　雅稔

I

青春とは、得体の知れない不安でできている。その大きさは、人によって異なる。性格や昼夜によって、大きさは変幻自在に変化する。時には心からあふれるほどの大きさになって、手に負えなくなったりすることもあるが、何かのきっかけで心の片隅で小さな箱に隠れてしまうこともある。そして、心からあふれ出した時の不安は狂気になる。コントロールが効かなくなり、毎日が不安に覆い尽くされるようになる。やがて周りが見えなくなり、孤立が始まる。いつの間にか、心のなかで大きく成長してしまった得体の知れない不安は、ダイダラボッチという妖怪のように、心にへばりつくようになる。あまりにも大きくなりすぎて、人は恐怖しか感じなくなっていく。

子どもの頃、大介は、土砂降りの雨の日は無心になって、はしゃぎたくなった。自分のなかにドロドロした妖怪が住んでいて、喉が渇いた妖怪たちが、水を求めて外に飛び出していくような気がした。何とも言えない快感だった。

田んぼの横を流れていた堰に入って、何時間でも夢中で友達と水遊びをした。楽しかった。体が濡れるのもまったく気にならなかった。まさに水は命の根源だった。

しかし、成長するにつれて、少しずつ水の中に泥が紛れ込んでくるようになった。体の中に泥が蓄積し始めると、どんどん心は重く息苦しくなっていった。

いつしか、台風の真ん中に放り出されて、暴風と激しい雨のなかを歩いているような状況になっていた。傘というありふれた慰めは何の役にも立たなかった。前に進むことも、後に戻ることもできなくなり、何をどうすればいいのか、途方に暮れた。

台風で、泥流が警戒水位を越えると、土手が破壊され氾濫が始まった。恐ろしい量の泥のなかに、抱えきれないほどの不安が詰まっていた。崖が崩れた山からは大量の土砂が流れ込んだ。いのちは狂気に蝕まれ、泥まみれになった。大事にしまっておいた未来は、濁流に飲み込まれ、ズタズタに引き裂かれた。そして、無防備な裸のままの心が溺れ、死の淵を当てもなくさまよい始めた。

昭和四十六年四月六日、大介は、故郷で迎える最後の朝を迎えた。仙台の予備校に入学するため、青森県大鰐町にある我が家で、旅立ちの準備をしていた。

受験が失敗することは、わかりきっていた。すべてが予想通りだった。この一年、受験の苦しさから、逃避し続けてきた。ただただ、もがき苦しんでいた。勉強しなければ、という思いだけが卒塔婆の歯車のように、カラカラと音を立てて空回りしていた。

うつ病から逃げ回る日々が続いた。いつ自殺してもおかしくなかった。心にナイフが刺さったまだった。黒い血と狂気に取り憑かれて、身動きがとれなくなっていた。

毎日が際限のない葛藤のなかで、日常が憂鬱に閉じ込められていった。夜毎、言葉が暴走を始め、壁に激突し、全身が血だらけになって叫び始めていた。


その日の午後二時過ぎ、大介を乗せた急行『きたかみ』が仙台駅に着いた。今まで見たこともないような広い駅の構内を、看板を頼りに出口の方に向かった。

駅を出て駅前の広場に立った。大通りには、十階建てほどのビルが林立していた。まさにそこには、初めて見る大都会の風景が広がっていた。

駅から出てきた人たちは、大きなバッグを抱えた学生風の若者が多かった。大学に合格し、新しい一歩を踏み出すような、初々しさが感じられた。みな顔を上げて、希望に満ちた表情をしていた。それに比べて、自分のふがいなさは……。大介は、どうしようもない自己嫌悪に襲われていた。


いよいよ二浪生活が始まった。どこまでも弱いだけの自分を持て余し、瀬戸際に追い込まれていた。

大介は、人の多さに圧倒されたまま、とりあえず近くにあったベンチに腰を下ろした。景色は目に入らず、今までのことが走馬燈のように脳裏を横切っていった。

十分ほど休んで、意を決したように、大介は立ち上がった。予備校のパンフレットの地図を見ながら、右の方角に歩き始めた。大通りから小路に入り少し進むと、予備校の看板が目に入ってきた。ひとまず、ほっとひと息ついた。

事務室に寄って、入校の手続きをした。普通は三月中に手続きをするのに、意味もなく先延ばしにしていた。結局、午前のコースはすでに空きがなく、仕方なく午後のコースにした。

大介はスタートから、はじかれてしまったような気がした。どうせそんなものよ、そう心の中でつぶやいていた。優柔不断な性格のせいで、いつも綱渡りのような人生を歩んできて、慣れっこだった。受験の失敗の積み重ねもあり、負け犬根性が染みついていた。

それでも下宿先を紹介してもらった時は、「かろうじて一つだけ残っています」と言われた。ぎりぎり地獄の底から、はい上がれたような気がした。なんとなく、下宿が救世主になるかも知れない、と思った。

事務室から下宿先に連絡をとってもらい、バスで長町方面に向かった。二十分ほどのところにある長町中学校のバス停で降りた。予備校からいただいた地図とにらめっこしながら、ゆっくり進んだ。周りには田んぼも残っていて、郊外の雰囲気が漂っていた。

このあたりかな、そう思いながら表札を確認したら、関川と書かれていた。探していた名字だった。

「ごめんください。予備校の紹介で参りました。松井大介と申します」

「あらあら、お待ちしておりました。私はここの下宿の関川輝子と申します。どうぞ、お上がりください」

四十五歳ぐらいに見える、優しそうなふっくらしたおばさんが迎えてくれた。にこにこと自然な笑顔が似合っていた。穏やかな雰囲気で、ほっとした。

「失礼します」

玄関を入ると廊下があり、左側に台所、右側には掘りごたつ風のテーブルが置かれた居間があった。その奥の方には座敷のような部屋も見えた。

「さあさあ、こちらへどうぞ」

おばさんに案内されて、居間に通された。掘りごたつに足を入れると、暖かくて気持ちが良かった。

「どちらからおいでになられたんですか」

「青森県の大鰐町です」

「あら、遠くからたいへんでしたね。ずいぶん時間がかかったでしょう」

「北上線経由で、五時間ほどかかりました」

「じゃあ、お疲れですね。今すぐ、お茶を入れますからね。」

おばさんは、手慣れた感じで、テーブルの上のお盆から急須を取り出した。茶葉を入れ、ポットのお湯を注いだ。ずっと笑顔のままだった。

「どうぞ。飲み終わったら、お部屋の方へご案内します」

十分ほどくつろいだ後、台所の隣の部屋に案内された。

「松井さんには、こちらの部屋を使っていただこうと思っています。」

朝夕、食事の準備で、雑音が聞こえてきそうだったが、大介には選択権はなかった。窓からは、暖かそうな温室と大きなサボテンが何本か見えた。

「はい、分かりました。お世話になります」

「あと二階の方には、すでに二人の予備校生が数日前から下宿しています。仲良くお願いしますね」

「はい。ところで、温室のサボテンが見事ですね」

「亡くなった主人の形見よ。いつも主人だと思って、大切に育てているの」

「そうなんですか。思い出させてしまって、すみませんでした」

「いいえ、大丈夫です。じゃあ、もしよろしければ、契約の話をさせていただきたいのですが」

「はい」

居間に戻ると、おばさんは契約書を取り出した。

「契約内容は、予備校に提出したものと同じです。あと、契約は今日からで、食事は朝と夕ということでよろしいですか」

「はい、今日からでお願いします。予備校は午後のコースになりましたので、食事は昼と夕でお願いしたいのですが」

「はい、大丈夫です」

「昼は買い物や用事とかあって忙しいのに、食事をお願いすることになって申し訳ありません」

「いいえ、全然問題ありません。今日、夕ご飯の時、他の皆さんと顔合わせをしたいと思いますか、よろしいですか」

「はい」

「帰りが遅くなるときは、必ず連絡してください。食事やお風呂の時間や注意事項は、この紙に書いてありますので、しっかり読んでおいてください。その他何かありましたら、その都度聞いてください。あと、困ったこととかあれば、いつでも相談に乗りますから、お話してくださいね」

とんとんと話が進んだ。とりあえず、仙台に着く前の最初の不安は、きれいに消えた。案外なんとかなるんだ、と少し自信が芽生え始めていた。と同時に、故郷を離れてひとりぽっちになった大介は、今まで感じたことがないほど、人の優しさがうれしかった。

夕食の時刻を迎えた。大介は、自分の部屋を出て、居間に向かった。

福島出身の宇田義彦と、山形出身の北川雄貴のふたりの下宿生と初顔合わせをした。真面目なガリ勉タイプで、大介とは雰囲気が違っていた。秀才という言葉がぴったりだった。おばさんの話によると、ふたりとも東北大学の工学部を目指しているらしかった。

ふたりの予備校生の他に、下宿のおばさんと、一人娘の宮城第三女子高校二年生の理恵を合わせて五人全員が顔を合わせた。皆同じ東北出身なのに、言葉のなまりはあまり感じなかった。少し背伸びして、周囲に合わせているような雰囲気が伝わってきた。

理恵は明るく快活なスポーツ系の感じだった。ショートカットのさわやかなイメージで、みんなのマスコット的存在だと、大介はすぐに気づいた。簡単な自己紹介が終わり、それぞれの故郷の話に少し花が咲いた後、最後におばさんが話し始めた。

「今日から一年間、一緒に生活することになりますので、よろしくお願いします。皆さんが、受験勉強に専念できるように、しっかりと協力させていただきます。私は五年ほど前に、主人を交通事故で亡くしました。悲しみの中で一人娘の理恵を育ててきました。生活していくために、お金が必要だったので、下宿を始めることを決意しました。特に女性ふたりだけだと心細いので、男子の予備校生を下宿させることにしました。以前、大学生を預かっていたときは、遊び歩いてたいへんでした。だから今は予備校生だけにしています。これから皆さんとは、家族として末永く付き合っていきたいと思っています。安らぎの場所にしていきたいので、ルールを守ってくださるよう、よろしくお願いします。さあ、それじゃ夕食にしましょう。今日は、特別にすき焼きを準備しました。ゆっくり召し上がってください」

挨拶が終わって、夕食が始まった。田舎育ちの大介にとっては、すき焼きは初めてだった。こんなに美味しい肉があることを初めて知った。みんな食事に夢中で、会話はあまり弾まなかった。それでも、おばさんがうまく間をとりもってくれたおかげで、ふつうに楽しい時間を過ごすことができた。

時折、誰かの視線を感じて顔をあげると、理恵が目に入った。いたずらっぽい笑顔が素敵だった。視線が合うと、大介はすぐに下を向いてそらした。恥ずかしかった。

おばさんも、挨拶が終わって緊張が和らいだのか、時折、仙台弁が出るようになった。誰かが自信なさそうに話すと、勇気づけるように返していた。

「そんなこと、ないっちゃわ」

その言葉が口癖なのか、会話の端々に何度も同じフレーズが出ていた。

大介は夜八時頃、下宿の電話を借りて大鰐町の実家に電話した。母親、シズエの心配そうな声が電話の向こうから届いた。

「わだ。ダイだ」

「どしたば」

「予備校の手続きしたはんで。下宿も決まった。おばさんが、すごくいい人で、安心した。なんも心配さねくてもいいはんで。こんだだばけっぱるはんで」

住所を伝え、寝具、参考書、お金を送ってもらった。そして、何もない自分の部屋に戻り、畳の上にゴロンと大の字に寝転んだ。

夜、静まりかえった部屋にいると、何とも言えない気持ちになった。故郷を離れ、ひとりぼっちになったことを実感した。気がつくと、たった一日で自分の周りには知っている人が一人もいなくなった。初めての経験だった。

ほどなく涙があふれてきた。まったく不意だった。今まで支えてくれた家族が隣にいないという寂しさが、うねりのように大介を襲った。まさにホームシックだった。こんなにも涙が出てくるなんて、自分でもまさかと思った。まったく感情がコントロールできなくなった。

涙が収まった後、おばさんが貸してくれた布団にくるまった。寂しさで言葉があふれてきた。受験生になってから、寂しさや辛さに直面すると、決まって布団の中で言葉があふれてきた。書かずにいられないという衝動を抑えることはできなかった。

下宿初日から、あふれてきた言葉を書き留めるために、バッグから一冊のノートを取り出した。『荒唐之言』と表書きして、枕元に置いた。闇の中で、暴走する言葉を弔うためだった。

【新しい一歩を踏み出すことは、足が震えるほど恐ろしい。自己嫌悪、劣等感、優柔不断、引きこもり、平凡な日常でさえ恐れているのに、新しい一歩は死を賭けた恐怖なのだ。未熟な自分を未知の世界に置くことは、すべてが不安で、さらし首のようなものだ。

心のなかはガンガンピストルのにわか雨。土砂降りで息もできやしないのに、外は晴れのち曇りのお座敷小唄。のどかですねと、何にも知らない鬼が笑う。

ひとりため息、胸の底。お人形の手足をズタズタにしたのは誰。それでも胸底のサタンは死にやらず。タンタン降る雨、濁り水。黒い水の降る顔がある。ずいずいずっころばし、髄をころがしゃ何残る。あんたの死に顔残るだけ。

今日を楽しく生きさえすれば、明日なんかどうでもいいものを。受験は今日の積み重ねなどと、ほざくものだから、カレンダーを燃やしてしまった。今日から始まる悪魔の日々は、地獄だわさと、死に神が笑ってる。明日は来るというのに、予定が見えない。きっと死に神が独り占めしてしまったんだわさ。どないしよ。

まあるい不安が、ころころ部屋の中を音を立てて転がっている。蝉のようにうるさくもなく、カラスのように不気味でもないのだけれど、立ち止まることもなく、いつまでも小さな音を立てて眠れやしない。このまま転がり落ちて、親の知らない場所にたどり着き、息をひそめて生きるしかないのだろうか。

そういえば、雑音がひどいボクのラジオはサカサマだった。いえ、闇で気がつかなかったけれど、部屋もボクもサカサマだった。だってボクは気が狂うほど酔ってしまっていたのだ。初めてのひとりに、酔わずにはいられないのだ。すべてがサカサマになってしまった人生を、どうやって歩いて行けば、あたりきに戻れるのだろうか。三半規管が弱くて、反吐が出るくらいめまいがするというのに。

不幸たちが、何もかもみな、【飛びっきりの厚化粧をして、誘うように忍び寄ってくるなかで】

Ⅱ

二日ほどで、荷物は届いた。寝具、梱包しておいた参考書、お金に混じって、手紙が添えられていた。母の字だった。受験のことは何一つ書かれていなかった。とにかく、体にだけは気をつけてください、困ったことがあったらすぐ連絡してください、と書かれていた。母の優しさに大介は胸が詰まった。

思えば、いろいろ両親に迷惑を掛けてきた。近くに居たとき、父はあんなにうっとうしかったのに、自分が父の立場だったらと思うと、いたたまれなくなった。親元を離れて、初めて客観的に親を見つめている自分に、少しだけ驚いた。大介の中で、何かが変わり始めていた。

大介は現役と一浪で、十を越す大学の医学部受験に失敗していた。勉強する気もないくせに、見栄を張って医学部を受験していた。自己防衛と言い訳に都合が良かっただけだった。そして、もはや言い訳は通用しなくなった。今年が最後、そう覚悟を決めた。もしも来年不合格だったら、そう思うと変になりそうだった。

実は、二月に私立大学の医学部を受験したとき、かなり手応えがあった。そして、大学側から寄付金の相談の電話が父のもとにかかってきていた。しかし、金額が折り合わず、合格にはならなかった。親がその大学の卒業生なら圧倒的に有利だとか、入試の得点で寄付金の金額が何段階かに分かれているとか、医学部予備校では大学と直結する人が、推薦入試問題らしいものを教えてくれるとか、多浪と女子は不利とか、医学部入試は様々な噂が流れていた。とにかく医学部受験は、コネなしの凡人にはストレスが大きかった。

これ以上厳しい生活が続くと、精神的にパンクするのは目に見えていた。とにかく先の見えない不安だらけの浪人生活に、早くピリオドを打ちたかった。自分でやるしかないという状況であることも、分かりすぎるほどわかっていた。

大介は二浪の身分になって、今までとは比べものにならないほどのプレッシャーに見舞われていた。身震いするほどだった。しかも、プレッシャーが大きければ大きいほど、逃避行動に走ってしまう自分がいた。

この二年間、活字中毒になるほど、ひたすら文庫本を読みあさった。テスト前や勉強しなければならない、という状況に置かれると、本が読みたくてどうしようもなくなった。まさに逃避行動から来る活字依存症だった。

気がつくと、ラジオからはクールファイブの『逢わずに愛して』が流れていた。心が慟哭しながら揺れた。大介は、魂を揺さぶる演歌に惚れ抜いていた。特にクールファイブの切々とした演歌が身にしみた。

高校時代に付き合っていた彼女とも疎遠になっていた。とても恋愛できる精神状態ではなかった。暗黒、どん底、アリ地獄。自殺願望に取り憑かれた日々が続いていた。

【つぎはぎだらけの人生が、安らぎを求めて裏町をさまよう。風が悲しい夕暮れにはエレジーがよく似合う。風鈴が寂しく鳴り出せば、優しいあなたの胸思う。思い出ばかりを彷徨って、小さな幸せ、風に舞う。

お風呂上がりの人肌は、遠いあの日の愛のまま。みんなみんなどこ行った、昨日も明日も行方不明。私の愛の迷子たち、どこに夢たち隠れてる。

愛おしかったぬくもりが、忘れられない夢一夜。みんなみんなどこ行った、こんなにあなたを探しても。私の愛の迷子たち、どこにも安らぎ見つからない。

悲しみがお似合いの自虐ボーイが、ギターをつま弾きながら、真夜中に声を殺して唄っている。まるで、どこにも愛が見当たらないかのように。

本当に辛いときは、愛に溺れるしかない。愛はすべてを忘れさせてくれる。『何が何があっても、すがりすがり生き抜く』そう前川清は吠えたのだ。

そういえば、いつだったか。家出して深い森の中を彷徨ったことがあった。あの時の、哀しみに震えた物語が、いつも心の片隅で号泣している。

遠くから、『赤色エレジー』の哀切が聞こえる。愛は愛とて何になる、男二浪、ままよとて。布団が濡れるほど寂しくて、どこにも愛は見当たらない。

夕暮れ、捨てられた子犬が餌を探して、森に迷い込んだ。そうして幾日か過ぎて、人間不信の凶暴な野良犬になり、本能を持て余していた。

一人で生きていくって、そういうことなんだ。孤独に耐えて、強い大人になって、初めて自由を手に入れることができるって、誰かが言ってたけど。受験プレッシャーに耐えられない人は、どうすればいい？心が壊れて穴があいて、愛も夢もみんなそこからこぼれていく。ああ、狂いそうだよ、何もかも。

酒におぼれそうだよ、圭子ちゃん。十五、十六、十七と私の人生暗かった。十八、十九、二十と相も変わらず暗かった。どう咲きゃいいのさ闇の花。どうせあたいは夜にしか咲けない闇の花。どこにも夢の無かりせば、みんな幻、闇の花】

Ⅲ

四月九日の金曜日、大介は朝から予備校に出かけた。午前中は、教材の購入や受講時間割を確認した。午後はオリエンテーションが行われた。

週明けの十二日、講義が始まった。午後、数学と生物の講義に出席した。久し振りの緊張感で、気持ちが引き締まった。教室はほぼ満杯だった。みんな大学受験に失敗した仲間たち、という奇妙な連帯感が感じられた。自信なさそうな暗い表情が、少しばかり優しく見えた。

しかし、いざ講義が始まると、雰囲気は真剣そのものに変わって圧倒された。さあ、これから目標に向かって頑張るぞ、という気概があふれていた。教室は、熱血講師の声と受講生の鉛筆の音が交錯していた。

午後四時過ぎ、講義は終了した。久しぶりに集中したせいで大介は少し疲れを感じていた。充実感の余韻に浸りながら廊下を歩いていると、自習室のある二階から横顔に見覚えのある人が下りてきた。

「あっ、裕文?」

自信なさそうに小声でつぶやくと、少し驚いたような仕草で、うつむいていた顔が上がり、目と目が合った。

「やっぱり……ダイだ」

一瞬沈黙が流れた。「えっ、どうしてここに」そんな戸惑いの表情が浮かんでいた。やがてすべての状況を察したような表情に戻った。

高校時代、一緒に電車で通った友達の佐々木裕文だった。卒業してからは、昨年のお盆に一度連絡をとったきりだった。お互いに浪人していることは知っていた。

しかし、ふたりとも二浪をし、まさかここで会うとは思いもしなかった。小学校から勉強のライバルとしてずっと意識してきた間柄だった。ふっと、心のとじひもがはずれた。この大都会仙台で、ひとりぽっちで生活していくという疎外感から、少しだけ解放されたような気がした。

裕文の父、宏一は大鰐町の開業医だった。評判も良く、町では知らない人がいないほどの名士だった。だから、裕文は医者になって実家を継ぐという宿命を背負わされていた。

大介の父、泰三は町役場の総務課長をしていた。裕文の父とも知り合いで、医者に対する崇拝の気持ちがあり、大介にも医者になって欲しいという願いを抱いていた。

親の期待への反抗、医師という厳しい道への挑戦、自由への憧れと逃避行動、ふたりは、ほぼ同じ境遇に置かれていた。そんな仲間意識から、大介は、裕文に何とも言えない親近感を抱いていた。

「いやあ、びっくりしたじゃ。まさが、ここで会えるなんて」

「わもよ」

「裕文と一緒だば心強いな。わ、手続き遅れで、午後のコースになった。今日がら講義始まったどこ。裕文は？」

「わ……」

少し間が空いた。

「去年がら医学部コース。今、自習室で来週の講義の予習してきたどご」

「おめもたいへんだな」

「まあ、お互いけっぱるしかねな」

裕文の声は弱々しかった。優しい雰囲気が昔のままだった。受験勉強の厳しさを乗り越えられるかな、と心配になるほど穏やかな性格だった。そんな不安そうな気持ちがまっすぐに伝わってきた。大介も久しぶりに心を許して話すことができ、うれしかった。

「街ブラでもするが。仙台、何もわがねはんで、案内してけ」

大介は、すぐに津軽弁に戻った。なまり言葉で話せるのがうれしかった。

夕食まで少し時間があったので、一緒に街を歩いた。大通りを横切り、東北電力ビルの横を抜けて、一番町にたどり着いた。

月曜日の夕方だというのに、若者や買い物のおばさんで賑やかだった。アーケードの街並みの両側には、見たこともないようなモダンでカラフルな店や、ゲームコーナー、パチンコ店などが立ち並んでいた。

大介は、ふらりと入ってみたくなる誘惑に駆られた。三越から藤崎デパートまで一時間ほど散策した後、喫茶店に入った。三十分ほど、高校時代の同級生の様子について情報交換をした。何とも言えず楽しい時間だった。

下宿の夕食の時間が迫り、別れてバスで帰った。街の雰囲気も把握でき、リズムもだいたいつかめた。これから先、何とかやって行けそうな気がして、少しだけ前向きな気分になった。


【行き止まりの今から、探しあぐねの明日まで、たおやかな細い山道がありまして、雪解け水に覆われて、泥だらけなのでありました。周りの人に泥がはねると申し訳ないので、こっそりと、「タダイマ、ボク、ココロ、コショウチュウ」の看板をぶら下げて、道の端っこを歩くのです。

山に向かっている一本道は、ごつごつの岩肌で歩きづらいのです。おまけに登山用の重装備が、虚弱体質には重すぎます。山道の真ん中で疲れ果てて、うずくまってしまいました。周りの景色はまったく見えません。もうどうにも、悲しくて悲しくて。

置き去りにされた男が言う。何が悲しくて、生きることが悲しくて、寂しさが悲しくて、いのちが悲しくて。ことばの怖さを知った女が言う。何が悲しくて、男が悲しくて、裏切りが悲しくて、ひとりが悲しくて。

寂しさの、夜の、酒の、破れかぶれの、涙の、怖さを知った女が言う。克衛の詩じゃあるまいし。ののののノーしか言えやしない。ラララ人間なんて、なんのために生きているんだかネエ。僕は悲しや受験生。何もかもが御法度、半端人生よ。ああ、何が悲しくて。

何が悲しいって、親に期待されるほど悲しいことはないのだ。親の持ち物でもないし、親のために生きているわけでもないのに。もういい。すべてを脳から消し去り、血へどを吐きながら生きてやる。

それでも強くなりたいって、そんなの簡単よ。目に見えないものを信じるだけさ。昔の人は、生きることに困ったときは、神を信じて生きてきたのさ。

神、愛、哲学、魂、目に見えないものは、お化けのように現実をひと飲みにする。すべてを神にゆだねることで、悩みなんかお茶の子さいさい。困った時は、みんな神のせいにすればいい。それだけで、ちっぽけな悩みも全て消えるのだ。

そうすれば、毎日マムシに囲まれて金縛りに遭う夢も終わる】

Ⅳ

次の日曜日の午後、大介は小遣いをポケットに忍ばせて、下宿近くを散策した。行くところは決まっていた。さあ勉強しなくちゃ、と思うときは、いつも本を読みたくなるのだ。逃避行動は体に染みついていた。

五分ほど歩くと、仙台駅のひとつ南にある長町駅の駅前に出た。パチンコ店の隣に本屋を見つけた。さっそく本屋に入って、文庫本を何冊かまとめて買った。福永武彦『廃市』、石川達三『転落の詩集』など、五冊ほど買って店を出た。なぜか、「廃」や「転落」という暗いイメージの言葉に弱かった。

思えば大介は、中学の時、父が購入した現代日本文学全集をすべて読破していた。たまたま最初に手に取った本が、吉行淳之介の『砂の上の植物群』というエロスの世界だった。それ以来やみつきになって、文学にはまっていた。

本屋から歩道に一歩踏み出した、その時だった。神様が見ていたかのような絶妙のタイミングで、隣のパチンコ店『長町ホール』から、賑やかな軍艦マーチが聞こえてきた。

―いらっしゃいませ。いらっしゃいませ。おかげさまで、『長町ホール』本日午後三時、新装大開店を迎えました。日頃の皆様のご愛顧に感謝して、本日は出血大サービスデーとなっております。ご用とお急ぎでない方は、どうぞごゆっくりチャレンジして行ってください。決して損はさせません。さあさあ、寄ってらっしゃい、見てらっしゃい。やらなきゃ損損、出ます出します取らせます。さあさあ、通りを歩いているみなさま、本日のお仕事ご苦労様です。ただ今、大チャンス大サービス中です。そこのお兄さん、本日は最高のラッキーチャンスですよー

ついつい好奇心にかられて、大介は中に入ってしまった。パチンコは、生まれて初めてだった。見よう見まねで始めたら、なんと出るわ出るわ。神様はすごい。初心者には必ず勝たせて、ギャンブルの世界に引きずり込むのだ。二時間ほどで、定量打ち止めになり、隣のお客さんにいろいろ教えてもらって、外で換金した。

お金を稼ぐことも、ギャンブルで勝つことも、人生初めての経験だった。世の中にこんな楽しいことがあったなんて。受験生になってからは、暗いことしか経験がなかったので、衝撃的だった。

危険な香りのする神様の遊びと、どう付き合うか。それにしても、ギャンブルのワクワク感は、

やみつきになりそうだった。今まで抑圧されてきた人生が、解放を求めて暴れ出すような感覚に襲われていた。自分の中に眠っていた無類のギャンブル好きが、むっくり目を覚ましたような気がした。遊びで花札やトランプの「ゴニンカン」を何回かやったが、とにかく楽しくて、ワクワク熱中している自分がいた。

自分は、いつも常に何かに熱中していないと、生きていけない人間だと思っていた。恋愛、スポーツ、文学と、のめり込んできた人生だった。これからは、間違いなくギャンブル時代が始まる、大介はそんな予感がしていた。

【荒唐之言は、無稽なるとりとめのない言葉。意味のない独り言。真夜中の泥酔ブルース。地べたを這う泥ぜりふ。ごつごつ日雇いの腕が凶器になる。

地獄は遠くの四丁目、神隠しの社の前で、記憶の中のビー玉がはじける。子供の頃、すべての言葉には深い意味なんかなかった。なのにいつの間にか、ペテン師になっていた。そうさ、ギャンブラーはいつだって嘘で固めた世界でしか生きられないのさ。

気がつけば真っ黒な腹を、サギのように真っ白な体で隠して生きてきた。だって地獄は白い指を恐れる。なぜって暗黒の闇しか知らないんだから。白は、すべてお見通しの世界だから、地獄が逃げていくのよ。

闇を恐れて夜通し泣き続けたカエルの涙から、田んぼの水ができたって知ってた?·涙を肥やしにしたから、お米はおいしいんだぜ。

そんなペテン師たちのウソをかき集めた、ラッタッター。もう体にしみこんでしまって、誤魔化して生きるだけさ。卑屈、勝手、取り柄なし。ゴメンナサイのカレンダーは、ウソを恐れるのだ。俗を嫌って、権力を築きあげようとする支離滅裂な安吾でさえ、こう見え透いたウソをつくのさ。

―女の指の冷たさが、何よりも身にしみて切実であった―

君は知っているか。『罪と罰』の圧倒される世界を。法学を断念したラスコーリニコフは、高利貸しのアリョーナを殺害し、判事ポルフィーリーとの心理戦を展開する。

始めは、描写が詳細すぎて、訳が分からないというのに、後半は、本を閉じることができなくなる。一週間、ひたすらに集中して読みふける。これだけの描写は、完全なる狂気の世界である。文学においては狂気の継続こそが、何か大きなことを成し遂げる、唯一の武器になるのだ。

それにしても、問題は人生というギャンブル。ギャンブルのぬかるみは底知れず、どんどん深みにはまっていく。お天道様が見えなくなる。生きることが駆け引きになる。愛すらもギャンブルになる。

この頃毎日夢を見る。私は殺人犯で追われている。毎日が続編で、周りの景色も、どこに何があるかさえ、すべて知っている。

これは前世のたたりなのだ。金縛りが続く。寝汗がひどくなる。ギンギンに体が冷たくなっていく。心は氷になって滝を滑り落ち、命が粉々に割れて岩の上で水滴になる。太陽が当たらなければ存在できるのに、当たればすぐに蒸発して全てが幻になる。だから真夜中だけを探している。

水滴を生きることは、気がつけば暗黒という幻の人生なのだ。ああ言葉が、道のない闇の中で暴走を始める。パッパパッパーのチンコちゃん、今日も一緒に遊びまひょ。

―お前に教えてあげよう。未来は偶然ではない、現在を生きる勇気と選択で決まる―

福永武彦は、浪人生のために断言した】

V

大介は、なんとか四月は時々サボりながらも予備校に通う日々が続いた。平日は、深夜放送のオールナイトニッポンやパック・イン・ミュージックを聞きながら、テキストの予習と復習に取り組んだ。

ラジオから、人の声が聞こえてくるのがうれしかった。昨年解散したビートルズやサイモンとガーファンクルの歌がよくかかっていた。特に好きな歌はショッキング・ブルーの『ヴィーナス』だった。ハードな歌声に心が洗われ、寂しさが紛れた。深夜放送のない世界は考えられないぐらい、聴くことが楽しみだった。

予備校が午後ということで、生活のリズムは完全に夜更かし型になっていった。朝方に眠って、昼少し前に起きるという生活が続いていた。

日曜日の昼は、お金のあるときはパチンコや喫茶店に出かけ、ないときは部屋で読書をして過ごした。とにかく日曜日になると、パチンコがやりたくて、むずむずしていた。あの感動が忘れられず、大介は軽い依存症になりかけていた。

プレッシャーのかかるテストが、しばらくなかったことも幸いして、逃避行動は起きなかった。勉強もそこそこがんばっていた。読書も気分転換程度で治まっていた。

ひょっとすると、このまま順調に受験生として頑張って行けるかも知れない、そう自分に期待し始めていた。親元を離れて、口うるさく勉強のことを言う人もいなくなり、自分のペースで時間を過ごすことができるようになっていた。

ゴールデンウィークを間近に控えた四月下旬、大介はいつものように下宿で昼食をとっていた。食事の時は、話し好きな下宿のおばさんと世間話をするのが日課になっていた。おばさんは、亡くなった主人や娘の子供の頃などの思い出話が大好きだった。誰かと話をしたくて仕方ない、という雰囲気をいつも醸し出していた。

大介は、人と話をするのはあまり得意な方ではなかったが、聞き役が中心だったので、苦にはならなかった。受験生であることを忘れさせてくれる時間だった。楽しくて、ストレスの解消になった。

しかし、その日のおばさんはいつもと違って、少し改まって話し始めた。

「大介さん、実はちょっとお願いがあるんだけど。受験勉強が忙しいのに申し訳ないんだけど、娘の理恵に、毎週日曜日の晩に二時間ぐらい、勉強教えてもらえないかしら。最近成績がどんどん下がってきて、この間、勉強のことでケンカしたの。そしたら理恵は、大介さんに教えてもらえるんならがんばってみせる、と言うのよ。勉強のリズムがつかめるようになるためにも、受験にあまり支障のない九月あたりまで、何とかお願いできないかしら」

受験生という立場もあり、突然の話にびっくりした。しかし、流れに逆らうこともできず、一応受け入れる方向で返事をすることにした。

「とりあえず、九月頃までなら、あまり忙しくないので大丈夫だと思います。私も受験勉強の復習になるので、いいですよ。ただ十月以降は、自分の勉強に集中したいので難しいですけど」

「ありがとうございます。部活のバレーボールが忙しくて、なかなか勉強に手が回らず、心配になるほど成績が下がりっぱなしなの。特に二年生は中だるみしやすいみたいだし、なんとかがんばらせたいので、よろしくお願いします」

大介さんに教えてもらえたら、という言葉が微妙に心に引っかかった。時々理恵から向けられる、いたずらっぽい笑顔も気になっていた。少しだけ自分に関心があるような気配を感じていた。

そして、おばさんは一人娘を育てるのに必死だった。母子家庭だから、という負い目だけは絶対負わせたくない、という強い意志を感じた。ここは、普段お世話になっているおばさんのために、がんばってあげようと思い、迷いながらも引き受けた。

理恵は、バレーボール部の活動で学校からの帰りが遅く、休日も家にいることがほとんどなかった。だから大介は、ゆっくりと会話したことがなかった。

スポーツが好きで積極的だった。リーダー的な素質も十分で、魅力的な高校生という雰囲気だけは、大介にも十分伝わってきた。

しかし、大介はどちらかというと、どこかに弱さや苦悩を抱えながらも、一生懸命に戦っている謙虚な女性が好きだった。でも、中学、高校と、近づいてきたのは、いつも元気でスポーティな女生徒だった。高校時代の彼女も理恵によく似たタイプだった。

そして、日常生活や恋愛も、来るものは拒まず、去る者は追わずが信条だった。積極的な女子の意のままに、流れに身を任せて付き合うことがいつものことだった。自分をアピールすることもなかった。なんとなく居心地が良かった。自分からケンカをしかけたことも、記憶になかった。


【愛とは、無条件に相手を受け入れることである。相手に何かを求めているうちは、ただのわがまま。解っちゃ居るけど、青春はつらい。そして男もつらい。誰も手が付けられないほどのギラギラ本能が、いつも獲物を狙っているのだ。暴れ出すとお手上げで、エロ本と妄想の戦争が始まり、愛は化け物になる。

昼は理性が太陽のように輝いているのに、夜中になると、幽霊のようなエロちゃんが、こんばんは、と顔を覗かせる。どんなに振り払っても、悪霊は消えることはない。ジェントルマンのふりしても、背広によだれが落ちるだけ。どうしても抜け出すことはできない。そんなそんな、どないし魔性この難問。イヤーンヤメテ、魔性のエロちゃん鼻血ブー。

さてさて結論、急ぎましょう。これすなわちテレビを見すぎた若者のせりふ。だから早漏になる。いや早老になる。お漏らしはいけません。男子たるもの、馬鹿にされます。おしゃべりな人って、他人に全部漏らしちゃうんだって。そりゃあもう大騒ぎよ。

やっぱり男は、すべてが固くなくちゃいけません。それでなくてもあっという間の青春、そんなに急いでどこへ行く。地獄と隣り合わせで生きたって、何のインポが直るずら。せめて幻想、女子高生。危険な匂いが、チン、プン、カン。チンチン、プンプン、ゴーカンカン。男狂気は紙一重。

男盛りのうめき声、そっと聞こえる夜中かな。

さあ妄想劇場の始まりだ】

Ⅵ

四月二十八日夕方、下宿仲間の宇田と北川は故郷に帰った。大介は彼らとは、夕食の時に挨拶の言葉を交わす程度の関係だった。二人が帰郷するという情報は、前日の昼食の時、おばさんから初めて聞いた。

おばさんは塩釜の親戚のところに、二十九日に遊びに行く予定を立てていたが、二十七日の深夜に、東京の叔父が亡くなったと電話があり、急遽、朝早い列車でお悔やみに行くことになった。

理恵は、バレーボールの春季大会が近く、部の練習があるという理由をつけて、仙台に残った。

ゴールデンウィークに入った二十九日の朝、大介が目を覚ましてまもなく、玄関から「行ってきます。理恵ちゃん、後よろしくね」というおばさんの声が聞こえてきた。

実は、天皇誕生日の祝日である二十九日は、特別に第一回目の家庭教師をお願いされていた。ゴールデンウィークに故郷に帰るかどうか悩んでいたときに、家庭教師の話が舞い込み、大して悩むこともなく引き受けた。母親には、模擬試験があるから帰れない、とウソの電話をした。

気がつけば、家の中には理恵と二人きりだった。思えば理恵は、はじめからすべてを計算して、大介とふたりきりになれるチャンスを意図的に狙っていたような気がした。そう思うと、少しばかり緊張が走った。

―まさか、思い過ごしだよ。そんなことはあり得ないよ―

心の中で必死に否定を試みていた。

大介は、気もそぞろに数学の問題集をながめながら、のんびり時間を費やした。

昼近くに、理恵の様子が気になって部屋を出た。すると、理恵は見計らったように、台所にやってきて昼食の準備を始めた。

「おはようございます」

大介が挨拶すると、理恵もいつものいたずらっぽい笑顔でうれしそうに返した。

「あら、大介さん。おはようございます。これからお昼を作りますけど、何か食べたいものがありますか」

「いやあ、理恵さんが作る料理ならどんなものでもいいですよ。楽しみですね」

「すみません。家で料理作るのは、今日が初めてなんです。期待しないでください。とりあえず冷蔵庫にサケがあるので焼き魚にします」

「はい、ありがとうございます。焼き魚と味噌汁って定番だけど、シンプルでいいですね。料理が得意な人は幸せになれるから、がんばってください」

「じゃあ、おいしかったら幸せにしてくれますか?」

不意を突かれて、大介は返答に窮した。予想もしない大胆な言葉だった。理恵は困っている大介の顔をのぞき込みながら、うれしそうに続けた。

「十分ほどかかりますので、テーブルの方で待っててください」

理恵は、テーブルにふたり分の料理を並べると、にこにこしながら大介の向かいに座った。大根の味噌汁、笹かまぼこ、サケの焼き魚、サラダがテーブルに並んだ。

大介が食べ始めると、理恵は心配そうにのぞき込んだ。

「おいしい?」

「大根の味噌汁、最高。もうお嫁さんに行けるかも」

ついつい理恵のペースに巻き込まれて、少し口を滑らせた。

「ええっ、うれしい。じゃあ高校卒業したら、もらってくれる?」

理恵は屈託がなかった。心からうれしそうな表情を浮かべていた。いつも、思ったことはまっすぐ口にし、感情もはっきりしていた。ゆっくり会話したのは初めてだというのに、あまりにもまっすぐに、もらってくれる?と言われて、返す言葉に窮した。何が本音で、何が冗談なのか、よく分からなかった。今まで出会ったことのない、大胆で不思議な女の子だった。

言葉を探しあぐねているうちに、とんでもない快速球が飛んできた。

「ねえ、大介さん。食事が終わったら、一緒にデートしない？」

いきなりだった。自分の置かれている状況を考えて気乗りはしなかったが、断る理由も見当たらなかった。

「ああ、いいですよ」

「じゃあ、一緒に三越に行って、初デートの記念に、千円ぐらいのプレゼントを買って、交換しませんか？」

ちょっと億劫な気もしたが、成り行きに任せた。翻弄されっぱなしだった。女子高生の奔放さに振り回されて、我を失い始めていた。

「なんか楽しそうだね」

意味もなく、とっさにそんな言葉が口をついて出た。大介は完全に圧倒されていた。

昼食を終えると、ふたりで外に出た。昨日までの天気がウソのように晴れ渡り、初夏のような陽気だった。バス停に向かう途中で、少し後ろを歩いていた理恵は、だまったまま下からのぞき込むように大介を見つめた。

「手を握っていい？」

目が合うと、にこにこしながら返事を待たずに、手を握ってきた。家の近所で、知っている人に見られたら困るはずなのに、全くお構いなしだった。理恵の瞳には大介より写っていなかった。

「わあ、大介さんの手、暖かい」

見つめる目がきらきらと輝いていた。いつにもまして、女性らしくきれいに見えた。

スカイブルーの半袖のワンピースが、よく似合っていた。薄くアイシャドウを塗った表情は、高校生には見えなかった。理恵の化粧した顔は初めて見た。大人の女性の魅力を秘めていた。あまりの変身ぶりに、大介は少しドキドキしていた。

ふたりは長町のバスターミナルからバスに乗り、東北電力前のバス停で降り、少し歩いて三越デパートに着いた。時計は午後二時半を指していた。しばらく店内を一緒に回った後で、プレゼントを買うために別れた。大介は、バスの中で買う品物をだいたい決めていたので、悩むこともなく買い物を終え、待ち合わせ場所のデパート入口に向かった。お互いに少し大きめのプレゼントを抱えていた。

「ねえ、近くの喫茶店に行こうよ」

「はいはい」

通りを隔てて向かい側の、パチンコ店近くの喫茶店に入った。テーブルの上に、紙袋を二つ並べた。理恵はうれしそうに、「チャンチャカチャーン」と口ずさみながら話し始めた。

「さあ、お楽しみプレゼントの交換タイムが来ちゃいました。大介さんとは、ものすごく気が合いそうだから、きっと中身も欲しいものが入ってそう」

「理恵さんはセンス良さそうだから、期待しちゃうなあ」

お互いに、ゆっくり丁寧に包みを開けた。途端に、理恵は満面の笑みを浮かべた。

「わあ、コアラのぬいぐるみだ。ありがとう。かわいい。コアラ大好き。大好きダイちゃん、今日からこのぬいぐるみをダイちゃんと呼びます」

「こっちは、ミッキーのふかふか座ぶとんだ。部屋に座布団がなくて困っていたから、ありがたいなあ。さすが理恵さん。どうもありがとう」

理恵の顔は、たった一日で恋人気分になれたような顔になっていた。


二人は帰宅後、今日の思い出話をしながら一緒に夕食のカレーライスを作った。その味は、今まで経験したことのないような美味しさだった。

入浴も早めに済ませ、夜に備えて数学の本をめくり、少しだけ予習した。

午後八時少し前、大介は家庭教師をするために初めて二階に上がった。右側に下宿生の部屋があり、突き当たりの少し奥まったところに理恵の部屋があった。

高校時代、何回か恋人とデートを楽しんだが、女性の部屋に入ったのは、理恵が初めてだった。ジュウタンやカーテンが、スカイブルーに統一されていて女子高生らしい部屋だった。今まで見たこともない、夢の世界に入り込んだような感じがした。

右手にピアノ、左手にベッドがあって、奥の方に机があった。机には数学の問題集と参考書が置かれていた。大介のイスは、理恵のイスと並ぶように置かれていた。

「これから勉強、いろいろお世話になります。よろしくお願いします」

「一緒に頑張ろうね」

「どうぞ、こちらが大介さんの席です」

理恵は、そう言うと、隣のイスを指した。腰掛けると、どこからか、ふわっと甘い香りが届いた。理恵はブラウスを着ていた。暑そうに、ボタンを二つほどはずし、胸元を少し開けていた。大介は、視線のやり場に困って、少し上にある窓の方を見つめた。

「今日は、デートありがとうございました。ものすごく楽しかったです。コアラのダイちゃんは、いつも枕元において、大介さんを思い出しながら抱いて寝ます」

「私も、デートは久し振りでした。一年ぶりぐらいかな。ちょっと緊張しました」

とっさに、理恵は驚いたような表情をした。ほんの数秒、沈黙が流れた。

「えっ。彼女いたんだ。まさか今も続いているとか」

「高三の時に知り合って、去年の夏に振られました。浪人してから引きこもりみたいになってしまって、連絡をとらなかったから、全部私の責任です」

「受験勉強と重なると大変かもね。でも私だったら、大介さんみたいに素敵な人は、絶対振らないのに」

「いつも振られてばかりですよ。優柔不断な私には女の子と付き合うのは無理みたい。まあ、そんな話はどうでもいいから。……じゃあ、そろそろ勉強に入ろうか」

「あーん……もう少し話していたいのに」

「話をしに来たのではありません。勉強の手伝いに来たんです。けじめは、ちゃんとつけなくちゃね」

「じゃあ、今度のデートの時に続きを詳しく教えてね」

今度のデートだなんて、転んでもただでは起きないしたたかさだった。理恵は数学の問題集を取り出して、大介の前に広げた。

「この問題集、解らないところがあるので教えてください。三角関数って難しいよね。私苦手なの」

いつもより素直でかわいい声だった。

「数学の一番大切なことは、公式のできかたをきちんと理解すること。それさえしっかりやれば、必ず力がついて応用問題も解けるようになるよ。がんばろうね」

大介は、理恵から届く香りを意識しながらも、平静を装って指導を続けた。しかし、理恵にどんどん引き込まれていくような気がしていた。

理恵は、飲み込みが早かった。大介は、理恵の持っている能力や素質の高さに驚きを感じていた。あっという間に二時間が過ぎ、予定通り、十時少し過ぎに終わった。

「大介さんって、やっぱりすごいね。教え方がすごくわかりやすい。問題を解くときの考え方のコツが、分かってきたような気がする。少し自信が持てそう」

「理恵さんは頭のキレがすごいね。少しヒントを出すだけで、どんどん解けちゃうから恐ろしいね。やる気にさえなれば、いくらでも伸びると思うよ。数学を好きにさえなってくれたら、大丈夫」

「大介さんを好きになるのは、簡単だけど。勉強は、なかなか好きになれないよね。でも、大介さんのためにがんばります。今日は、いっぱい褒めていただいて感激です。本当にありがとうございました。下に行って、ジュースとお菓子を持ってきます」

理恵は台所に下りて、ジュースとお菓子をお盆に載せて運んできた。

「どうぞ」

「どうも。理恵さんには理系のセンスを感じるね。これからどこまで伸びるか楽しみだなあ」

「受験勉強が忙しくてたいへんなのに、無理にお願いして引き受けてもらったから、絶対にがんばります。結果を残さないと、大介さんが困るもんね。久しぶりに頑張ったらちょっと疲れちゃった」

言い終わると、理恵はベッドに身を投げ出すように仰向けに倒れ込んだ。スカートがめくれて、水玉模様の下着が少しあらわになった。しかし、隠そうとはしなかった。

女性がベッドに横たわっているという状況は、大介にとって初めての経験だった。どう対応すればいいのか、分からなかった。気づかないふりをして、ベッドに背を向けながらジュースを飲み終えた。

「ごちそうさまでした。それじゃ、部屋に帰ります」

部屋を去ろうと立ち上がって、ドアの方に歩き始めたときだった。理恵は、ぬいぐるみのダイちゃんを胸に抱きかかえながら、甘えるような声で尋ねた。

「ねえ、私のこと好き?」

大介は返事に窮した。足を止めて、とまどいの表情を浮かべた。そして、ゆっくり振り向いた。

その時だった。

「ねえ、キスして」

理恵は、いたずらっぽい小悪魔の表情で、まっすぐ大介を見つめていた。大介は吸い込まれるように、理恵の方に近づいていった。まるで催眠術にでもかかったように、ベッドの横に並んでいた。スカートの裾を直してあげようとしたとき、不意に手首を捕まれた。引き寄せられると同時に、理恵は体を起こした。どうしようもないほど愛おしい表情で、大介に顔を寄せ軽く唇を重ねてきた。

ゆっくりと三秒ほど過ぎた。大介の脳裏には、おばさんの顔が浮かんでいた。その場を去ろうと唇を離した瞬間、理恵は大介の首に両腕を回してきた。

「だめ」

理恵は大介を見つめたまま、目をそらそうとしなかった。その目に引き込まれるように力が抜け、ベッドに身を預けた。香水の香りが、さっと届いた。

二度目のキスは、ベッドの中だった。唇がかすかに震える中で、お互いの舌の感触が、優しく遠慮がちに伝わってきた。

大介は、理恵のブラウスの三番目のボタンをはずした。ふっと青酸っぱい匂いが広がってきた。ホルモンの分泌が盛んな若い女性の匂いだった。小さな驚きと戸惑いを覚えた。

ブラジャーと胸の隙間に、いたわるように手のひらを忍ばせて、優しく指を這わせた。理恵は少し驚きの表情を浮かべ、軽く体を反らせた。ぎこちない動作だった。手のひらに柔らかな胸を包むと、何とも言えない喜びの表情に変わった。

ふたりにとって、今だけしか存在しなかった。お互いの立場、場所、明日、すべては忘れ去られていた。大介は濡れた唇で、恥ずかしそうに顔を隠していた理恵の乳首を包みあげて、小さな円を描いた。

大人への愛を確かめ合う時間が過ぎていった。味わったことのない、幸福感に包まれていた。ふたりは、柔らかくそして強く、何度も抱き合った。


どれだけの時間が過ぎたのだろうか。ふたりは、余韻に浸るかのように、顔を見つめ合いながら、横になった。いたずら好きな子供のような表情だった。

理恵は、今まで見たこともないような、幸せに満ち足りた表情を浮かべていた。後悔や心配の表情は、みじんも感じられなかった。自分の愛する人と、ふたりきりで過ごせた時間に感謝していた。愛しか見えていなかった。

しかし大介は、受験と愛のはざまで、もがいていた。


【さわやかなハードロックにちりばめられた、ボーカルの哀愁。心を与えるかのごとくに吐く、やさしいせりふ。迷い道で手をさしのべたのは君。俺の進むべき道ではないけれど、どうしても誰かの手が欲しかったんだ。ベイビー、もっと引きずり込んでくれ。何もかも見えなくなるぐらい。

メタルロック、T・レックス様のお出ましだ。ロックこそが人生だ。さあ、俺の心をそのサウンドでギンギンに凍らせてくれ。俺はいつだって土砂降りの洪水の中を生きてきたさ。おぼれかけてもみんな知らんふり。だから、すべてが凍てついてしまったのさ。

思うままに生きて何が悪い。たった一度の人生だというのに、みんなまやかしで生きている。それでなくとも、ちっぽけな命。永遠なのは愛だけだ。

みんな聞いてくれ。俺は愛のど真ん中を生きていく。どんなに苦しくてもいい。どんなに辛くてもいい。自分の中の、誰一人として俺は欺いていないんだから。俺の心はいつもまっすぐで、よそ見さえできやしない。

すべての動物は、危険な匂いに震える。本能こそが生きる喜びであり、異性の香りこそが生きる快感なのだ。

どうしようもないほど、命は危険に弱い。不安こそが命を揺さぶるのだ。青春は全く不器用で、偽りの人生なんて歩めるはずがない。さあ、青春狂気ブルースの始まりだ。人生は、迷いをかなぐり捨てて、狂った人が一番強い。人は狂気を追い求めて生きるのだ。

鍵をかけ忘れた部屋で猫が遊ぶ。甘い仕草と言葉で猫が遊ぶ。すり寄っては、うれしそうにのどを鳴らす。どんな状況に置かれても軽やかに躍動して、気まぐれに男の腕をすり抜ける。爪を隠すのがうまい猫には注意が必要だ。でも隣で安らかに眠っている猫には、誰も勝てやしない。みんな暖かさが欲しいのだ。特に、心が震えるほど寒くなる季節には。

もう俺は、人生の坂道をどこまでもころがっていく決意をしたのだ。両のまなこに地獄がどんなに恐ろしいところか焼き付けて、生きていくのだ。針の山、釜ゆで、舌抜き。なんじゃらほい。その前に気絶してやるぜ】

Ⅶ

あの日から、大介の日常生活の軌道がずれてしまった。勉強が手に付かなくなった。脳は、完全に理恵に占領されていた。日々、妄想に取り憑かれていた。

予備校には、かろうじて通ってはいたものの、一コマで終わって一番町の散策に出かけることが多くなった。喫茶店やパチンコ店に入って時間をつぶした。でも二浪という言葉は、いつも頭から離れなかった。勉強のプレッシャーから逃避している自分を責め立てていた。しかし、何も手に着かなかった。

大介にとって、愛は青春のすべてのエネルギーを飲み尽くすものだった。どうにか立て直したくても、結局どうにもできなかった。前に進むことも後ろに下がることもできず、立ち往生していた。深い泥のなかで、もがき続けているような感じだった。

理恵の心の変化を見過ごしてはいけない、そんな想いだけがどんどん大きくなっていった。ちょっとした表情の変化を読み取ることに全神経を注いでいた。少しずつ疲れが重なり、イライラが募っていった。どこまでも深く、アリ地獄に落ちていくような感覚に襲われた。宙ぶらりんで、やるせない毎日が続き、どんどん追い込まれていった。ちょっとした弾みで、心が暴発しそうだった。

五月下旬、最初の模擬試験が行われた。結果は予想通りだった。悲惨だった。合格できそうな大学はなかった。

大介の逃避行はどんどんエスカレートを始めた。結局、予備校は、週二回ぐらいしか通わなくなった。残りの日々は、長町駅近くの喫茶店とパチンコ店で過ごすようになった。

すべてやけっぱちだった。毎日激しい自己嫌悪に襲われていた。これ以上落ち込むと危険だった。だから、先のことは考えないことにした。

あの日以来、大介は下宿では何事もないように振る舞っていた。理恵は、高校総体に向けてバレーボール部の練習が忙しくなり、夕食の時間も、みんなより遅くなった。合宿や練習試合に明け暮れて、土日もなくなり、見るからに疲れ果てて眠そうだった。いたずらっぽい笑顔も、いつの間にか消え、家庭教師も二回つぶれていた。

―ひょっとして私は避けられてるの―

あんなに素敵な表情で接してくれたのに、最近は言葉さえ交わすこともなくなっていた。そんな理恵の表情を見ているうちに、何かあったのかなと、少しずつ疑心暗鬼になり始めていた。

大介は、何とも言えない不安に襲われていた。訳が分からなかった。思い当たる節は、何もなかった。でも、明らかに、流れはゆっくりと悪い方へと流れ出していた。

すべてが行き詰まりのように感じていた。あがくことさえできなかった。愛を持て余し、しばらくは何も変えることができない日々が続いた。とりあえず、高校総体が終われば何とかなる。そう思わざるを得なかった。

毎日眠れぬままに、ラジオの深夜放送を聞きながら、ぼんやりと午前四時過ぎまで起きていた。

愛という深い穴に落ちて、暗闇以外何も見えなくなっていた。すべてに集中力を失っていった。参考書を開くことは、ほとんどなくなっていた。

大介の脳裏には、うつ病、自殺という言葉がちらつき始めた。

【昨日、今日、明日、全てが錯乱を始める。時間たちが、誰もいない路地裏をさまよって、袋小路を抜け出せなくなってしまった。うろつく言葉たちが、ドブに落ちて必死にもがいていた。

こんなことってありえない。お尻の毛までアリいない。金魚さえ、魚ットするほどあり得ない。鼻血ブータン飛んでった。サルが叫ぶよ。アレマーコレマーモンキッキ。明日さえ知れぬ不眠症。嫌ちゃん悪ちゃん友達で、片時も離れず、ついてくる。

夢と現実ごちゃごちゃで、お化け屋敷だ、我が人生。フンフンウップンたまりすぎ。便秘人生糞詰まり。何をどうしてどうすれば、普通の明日が来るのやら。結局結論ただ一つ。脳を捨てましょ、海の底。心捨てましょ、地の果てに。欲を捨てましょ、宇宙の外に。ああ、出直しなんてできやしない。こんがらガラちゃん目が回る。

昼は優しい愛たちが、夜になると暴れ始める。愛の裏側にこっそり隠れていた嫉妬たちが、闇を疾走する。やがて地震とともに津波になり、防波堤を越え始めると、築きあげてきた信頼が破壊され、がれきの山になる。

愛は狂気だ。生きることは狂おしいことだ。そんな夢にうなされて、不眠の夜が続く。日常が血まみれになって、もはや、どこにも安らぎのなかりせば。こころのしかばね、部屋の隅。誰かが地獄の底で、優しい笑顔を浮かべて、おいでおいでと手招きをしている】

Ⅷ

六月十一日、高校総体が開幕した。理恵のチームは、宮城県大会の準決勝で敗れ、三位決定戦でも、フルセットの末に惜敗し東北大会の出場を逃した。理恵はセッターとして大活躍し、新聞にもその活躍ぶりが大きく取り上げられていた。

日常を取り戻した二十日の日曜日、大介は久しぶりに家庭教師をするために、夜に理恵の部屋を訪れた。魂が抜けて、いかにも眠そうな表情をしていた。明らかに、以前の意欲的な姿勢とは違っていた。

いつものように二時間ほど数学を指導した。そろそろ終わりにしようか、という頃合いで理恵が話し始めた。

「実は、私たちのゴールデンウィークのデートを親戚の人が見ていて、すごく楽しそうに腕を組んで歩いていたと、母に電話くれたんだって。大介さんに迷惑をかけてもいけないし、噂になるようなことは止めて、と母にすごく怒られちゃった。だから、ずっと母に気を使っていたの。母には心配かけられないからね。ごめんね」

「そうだったの。何かあったのかな、と心配していたんだ」

「高校総体で、ずっと忙しくてすみませんでした。総体後には、バレー部の新キャプテンにも選ばれて、これから、ますます忙しくなり、大介さんには、いろいろ迷惑をかけると思うけど、よろしくお願いします。勉強も頑張らなくちゃね」

「理恵さんは、スポーツも勉強もすごい能力を持っているから、これから楽しみだね」

とりあえず、理恵がよそよそしかった原因が分かった。大介は今までの疑惑が消えて、久しぶりに重荷から解放された気分だった。ほっとしたその時だった。

「それでさあ、お願いがあるの」

「えっ、何?」

「なんか自分でもどうすればいいのか、分からなくなってきちゃった。大介さんは、大好きだし、母の目もあるし、バレー部と勉強もあるし。このままでは、精神的に追い込まれてしまいそう。疲れがたまってくると、パニックになりそうになるの。病気かも知れないね。とにかく、どこか遠いところに行って、大介さんとゆっくりしたいの」

「…………遠い所って？」

「大介さん、お盆に大鰐に帰るでしょ。その時に私も一緒に行って、田舎でのんびりと過ごしてみたいの。ねえ、いいでしょ。たぶん、バレー部も毎年、十三日から三日間だけは、盆休みだから、ちょうどいいし。母には、友達と旅行に行ってくる、とか言っておけば大丈夫だから。ねえ、お願いっ」

「ああ」

「知らない場所で、のんびりしたいだけ。大介さんには、迷惑を掛けないようにするつもりだから。お願い」

「ああ」

大介は、返事に窮した。理恵の思いがどこにあるのか、つかめなかった。きっと、とんでもないことを考えているような気がしてならなかった。とりあえず、理恵の大介への想いが変わっていないことだけは、何となく分かった。

この筋書きのないドラマはどこに向かうのだろうか。大介は、波が荒れ狂う愛の海のなかで、受験という小さな舟が木の葉のように揺れているような感覚に襲われていた。


【アナタ夜の三時。狂いすぎて、ボクの頭は南極へ飛んでいった。もうお疲れさんで、頭が朦朧。言葉が花火になってポンポコポン。いよいよ饒舌タイムの始まりだわさ。

アナタはボクのアナタではないアナタなの、聞いて狂って真夜中三時。時計の針を凍らせるほど、愛の不安は闇夜に広がっていたのに。こんな真夜中に、アナタはどこへいくの。行き先すらも知らないで、ノコノコ盛りのついたネコのお通りだ。ギャオギャオ叫んで追いかける。ちょいと知らん振りされただけで、頭にきなこを振りかけて、歌舞伎役者の見栄を切る。

いつまで待たせりゃ気が済むと、一人で意気込む夜明けの三時。腹が減っては戦さができぬ。酒のおつまみ作っちゃえ。余った脳みそ炒めます。ジュウージュウー焦げて美味しそう。下手な考え休むに似たり。わたしゃこれから行きずり娼婦とパーティだ。

ようこそようこそ夜の三時様。いやいやちょぃと待ってくださいな。闇に浮かんだ眼孔は、アナタの復讐語ってる。夜中のアナタはこっそりと、用もないのに何か妖怪。ボクチャン頭が破裂して、いつの間にやら脳ミソは、空っぽポン吉爆発ボン。

パーティできぬとボク逃げる。空きっ腹に酒効いて、何もとカニもが、めまいして、堪忍してやと泣きわめく。

ボク真夜中の三時。目まい脳まい獅子舞で、アキマヘンが倒れたよ。ひとり合点は止めなはれ。甘い蜜を探すのいいけれど、ハチに刺されて、もういけませんのボク。

夜明けの三時、盂蘭盆ちゃんがやってきて、ピカドン花火もいいけれど、やっぱり踊らにゃ損損。バアバアの腰巻きホーハイホーハイ。津軽民謡ドッタレバジのノスタルジアだ。花火見すぎて、ドーンドーン。頭がパッパで、くるりんパッ。あっという間に闇の中。

もはや昼の三時。ちょっと脳ミソ下痢らたち。白痴、気狂い、クール便。ウンコクルクルクール便。便器飛び出し大騒ぎ。水虫までも目を覚まし、命が痒くてかきむしる。暦が腐って愛飢え男、わたしゃお盆に帰るずら】

Ⅸ

七月二十五日、朝から暑い日だった。アスファルトの照り返しがすごかった。人間でさえ、湯気が上がりそうな気温だった。

大介は何もする気が起きなかった。子供の頃から暑さには弱かった。しかも、仙台の暑さは津軽とはレベルが違った。体が干からびてしまう感じだった。

勉強をがんばらなければ、という想いがいつも悪魔のように顔をのぞかせていた。恋愛、遊び、文学、何をやっても勉強のことを考えると、集中できなかった。あらゆることがむしゃくしゃするほど半端だった。大介には辛かった。やっとの思いで耐えていた。

食欲もなかった。温いジュースで渇きを潤した。参考書は、本棚に並べられたままになっていた。この十日ほど、勉強からいっさい遠ざかっていた。

久しぶりに買ってきた、『平凡パンチ』を見ながら、時間をつぶした。扇風機すらない部屋で、ずっとゴロゴロしていた。

そんな時、電話が鳴った。

「大介さん、電話ですよ」

おばさんに呼ばれた。自分宛に電話が来ることは、ほとんどなかったので大介は驚いた。

「もしもし、松井です」

「ダイ?.幸彦だ」

大鰐の実家のすぐ近所に住んでいた、いとこからだった。今年、高校三年生で受験生だった。

「どうしたんず?」

「夏休みさ入ったはんで、仙台さ遊びに来たじゃ。びっくりさせようど思って、連絡さねがったじゃ。駅さ迎えに来てけ」

「駅のどご?」

「玄関さいる」

「分がった。すぐバスで行ぐはんで」

大介の父は七人兄弟で、全員近くに住んでいた。いとこも二十人を超えていた。結婚式や葬式があるたびに、全員が集まるので、とにかく賑やかだった。

その中で、幸彦は一番仲の良いいとこだった。しかも同じ高校の後輩だった。整った顔立ちで女子高生にもてていた。大鰐にいた頃は、幸彦から交際していた彼女の自慢話を何度も聞かされていた。

幸彦と大介の家は、徒歩で三分ほどの距離だった。大介が高校の頃、幸彦は毎週のように遊びに来ていた。夜遅くまで、文学や彼女や高校の授業の話に花を咲かせた。特に、高橋新吉や中原中也の話になると、止まらなくなった。

―高橋新吉『ダダイズム』万歳。全てが虚無の世界の中では、秩序、常識を否定、破壊することで、喪失さえも開き直って生きることができるのだ。弟の死から始まる中也の詩もそこに叙情があり、坂口安吾、宮沢賢治の異世界に受け継がれていった―

何度も聞かされた、幸彦の口癖だった。いくつもの詩をそらんじているほど、中原中也が大好きだった。女好き、意志の弱さ、精神的な不安定さ、わがまま。どこかに自殺の匂いが漂い、危険な雰囲気が感じられる男だった。

大介は幸彦と仙台駅で落ち合って、中央通りと一番町通りを案内した。コーヒーやパチンコで時間をつぶし、日が暮れてから、一番町の裏手にある庶民的な食堂に入って、夕食をとった。

幸彦は、大介の所に一泊することになり、酒とつまみとタバコを買って、夜八時頃、下宿に戻った。

その夜は、故郷の様子や昔話で遅くまで話し込んだ。深夜二時頃、話が少し途切れたところで、ぼそっと幸彦が話し始めた。

「実は、母親がうつ病になってしまったじゃ。受験生なのに、勉強ほっぽり出して彼女の所さ遊びに行ったりして、全く母親の言うことを聞がねがったがら、おがしぐなってしまったじゃ。わのせいだ。」

「んだのが」

「どへばいいんだがわがね。地獄だじゃ」

大介は答えに窮した。幸彦の母は、大介の父、泰三の妹だった。自分も、両親に迷惑を掛けていることを思うと、何も言えなかった。二、三分ほど会話が途切れた後、幸彦は絞り出すように話を続けた。

「母親さ心配かげねようにさねばまねって、わがってるばって……」

「んだねな。わも二浪して、おめ以上に心配かげでるがらな」

「ちゃんと大学合格して、親ば安心させでやねばまねな……」

「わ、心配ばしかげでるがら、わの母親だって、いづ、うつ病さなるが解がねな」

「遺伝もあるはんで、などわも、気つけねばまねな」

部屋は、たばこの煙でもうもうとしていた。いつの間にか、ウィスキーの瓶は空になっていた。

幸彦は高校生だというのに、時々自分の部屋で酒やタバコをやって、母親に見つかっていた。大介が酒やタバコを始めたのは、幸彦の部屋に遊びに行ったのがきっかけだった。

お互いの置かれている立場や文学など話は尽きなかった。それも、お互いの甘さを理論武装するような、お子様ランチを思わせる、理屈っぽいお遊びの世界だった。

野球談義にも花が咲いた。二人とも、中学時代野球部で投手をやっていた。先日行われたオールスター戦で、江夏豊が九連続三振を奪ったことや、応援していたジャイアンツなどの話題で一時間ほど盛り上がった。


朝五時頃、気がつくと夜が完全に明けていた。外は快晴で、朝の光がまぶしかった。

故郷の言葉で思う存分話をし、大介は心の安らぎを取り戻していた。理恵や受験のことを忘れさせてくれる時間だった。こんなに饒舌に会話したのは、久しぶりだった。

「さあ、へば寝るべ」

「ああ」

着のみ着のまま、布団に横になると、いつの間にか、ふっと安心したように眠りについていた。

昼頃、あまりの暑さで目が覚めた。部屋には強い日差しが差し込んでいた。

「大介さん、ご飯ですよ。二人分作ったからお友達と一緒にどうぞ」

二日酔いのうつろな状況の中、おばさんの声が聞こえてきた。幸彦を起こして、部屋を出た。

「気を遣っていただいて、ありがとうございます」

食事を済ませ、大介は仙台駅まで幸彦を送った。バスで長町まで戻り、いつもの駅前の本屋に寄った。

詩集のコーナーに来たとき、ふと高校時代の彼女が、立原道造のファンだったことを思い出した。なんとなく、読んでみたくなって、購入した。

【―あれはとほいい処にあるのだけれど
おれは此処で
待ってゐなくてはならない―

現世心非ずの中也、『言葉なき歌』。

夢、恋愛、家族の不幸、どんなに近くても、世の中は全てが遠い。幸せのように心で触れてみることもできない。ましてや、望むものはすべて、手に入れたこともない。もがき苦しんでいるうちに、自分の心さえ、どこにあるか分からなくなる。遠ければ歩いて行けばいいものを、目的地が見えないから動くことさえできない。

未来には、かすかにチャンスはあるが、過去にはどうやったってたどり着けやしない。まるで、緑が枯れ果てた渇いた土のような「茶色い戦争」にしか見えないのだ。そうして、心は荒れ果てた砂漠のど真ん中に置いてけぼりにされる。

生きてあることは虚無以外の何物でもない。そこにあるのは、もはや、まっとうなものを破壊せずにはいられないダダイズムである。

—昨日と明日の間には
　ふかい紺青の溝がひかれて過ぎてゐる—

あの日しかない道造、『夏の弔い』。

解けない謎のようなあの日は、楽しくて、悔いなくて、愛があって最高だというのに、いつの間にか霧に覆われていた。

すばらしいスタートを切ったこともあるのに、今まで気がつくと、震えるほどの悲しみの中で、凍りついてしまっていた。どうせ負け癖がついてしまった人生、あきらめがお似合いなんだわさ。

あんなに楽しかった過去は、現在を惨めにする調味料のようなものだったなんて。

昨日と明日の間にある今日は、深い溝の中にあって、周りは何も見えない。遠いあの日と将来の夢、人は何もかもを弔うために生きているのだ。生きることは、ひとつずつ確実に昨日を弔っていくことだ。能面を伝う涙を隠しながら】

X

八月八日の日曜日、大介は、夏休みに入って少し時間に余裕ができた理恵と、バレー部の練習が終わる時刻を見計らって、午後二時に仙台駅前で待ち合わせた。ゴールデンウィークのあの日以来、久しぶりのデートだった。

「ごめん、待った？」

理恵は、待ち合わせ時間に三十分ほど遅れてきた。高校の夏制服に身を包み、運動着の入ったバックを背負っていた。急いで来たらしく、半袖のブラウスが汗で、下着にくっついていた。久しぶりに外で会ったせいか、ショートヘアがスポーティで、かわいらしさと何気ないさわやかな色っぽさが同居していた。

「いいえ。私は道を歩いている人を、ぼんやり眺めるのが好きだから、大丈夫。全然時間を気にしていなかったし」

「ひょっとしたらもういないかも、と思いながら急いで来ちゃったから、汗をいっぱいかいちゃった」

「まさか、理恵さんを捨てて、いなくなるわけないでしょ」

「ありがとう。やっぱり大介さんはステキ」

「おやおや、何が欲しいの」

「大介さんの心以外、欲しいものはありませんよ」

「へえ、そうですか。ほんとに冗談がうまいんだから。人を困らせて楽しむクセは直した方がいいよ」

「すべて本心ですよーん」

「……じゃあ七夕祭りに出かけようか」

その日は、七夕祭りの最後の日だった。中央通りから一番町通りへ、たなばたを見上げながら、ゆっくりと歩いた。

工夫を凝らした大きな飾りが素敵だった。華やかなアニメの世界に飛び込んだような、彩り豊かな情景だった。通りはまっすぐ歩くことができないほど、ものすごい人出だった。

「きれいだね」

「基本的に、くす玉と吹き流しが、五本一セットで飾られているの。」

「津軽では、ほとんどの地域でねぷた祭りが行われていて、太鼓や笛などものすごく賑やかなんだ。短い夏を惜しむように、みんな燃え上がるけど、七夕祭りは落ち着きと品があって、まったく逆の雰囲気だね。さすが伊達藩という感じ」

「あっ、あそこに見えているのは、糸操り人形だよ。からくり七夕って呼ばれているの」

「わあ、さすが伝統の祭りだね。からくり七夕まであるなんて、びっくりだね」

理恵は少し人目を気にしながら、大介の陰に隠れるように歩いていた。

―もしもまた知っている人に会ったらどうしよう―

そんな不安そうな表情が見てとれた。

「ねえ、そろそろ喫茶店に入って、ゆっくりお話しでもしない？」

「そうだね。そう言えば最近、ゆっくりと話したことがなかったね」

「あっ、ここのお店、思い出の喫茶店だよね。久しぶりに入ろうか」

二人は、初デートの時に入った思い出の喫茶店に入った。店内は混んでいたが、あの日と同じ席は空いていた。二人は顔を見合わせて微笑んだ。何かいいことが起こりそうな予感がした。

「ラッキー」

理恵は思わず口ずさみながら、席に着いた。あの日の情景が、二人の脳裏を走馬燈のように流れていた。あの日の気持ちと変わっていないことを確かめるように、一時間ほどのんびりと会話を楽しんだ。

翌日、大介は急行『きたかみ』で郷里に向かった。事前に「帰る」という連絡はしていなかった。計画的に何かをするということが苦手だった。心の片隅には、急に帰って親をびっくりさせたいという思いもあった。

初めての里帰りは、気持ちが晴れなかった。親から仕送りしてもらっている立場なのに、裏切っている自分に、大介は罪悪感を感じていた。一浪だけでも申し訳ないのに、予備校にもまともに通っていないことで、自己嫌悪に陥っていた。

列車が県境のトンネルを抜け、碇ヶ関駅に到着する頃から、大介は何とも言えない懐かしさに襲われていた。見慣れた景色の安らぎが、こんなにもうれしいものだと初めて知った。ふるさとのありがたさに、涙が出そうだった。

まもなく列車は大鰐駅に滑り込んだ。改札を抜け駅前に降り立った。おみやげ店、タクシー会社、食堂など何も変わっていない景色に、ほっとした。駅を出て、バスの待合所や日景食堂の前を通り、境内にケヤキの大木のある大円寺を過ぎたところを左折した。近くにある踏切を越えると、まもなく新築されたばかりの家が見えてきた。

大介が仙台に行って、ひと月ほど過ぎた頃、「我が家の新築工事が始まった」と母から電話があった。古い家は、建ててから四十年ほどが過ぎ、あちこちの部屋の戸が軋んでいた。何カ所か雨漏りする場所があり、天井が滲んでいた。特に、冬になって屋根に雪が積もると、戸が開かなくなって大変だった。

大介が家に着くと、働き者の母は庭で草取りをしていた。いつもは、街から離れた田んぼとリンゴ畑の仕事が忙しく、庭にいることは珍しかった。庭のこじんまりした畑では、キュウリやトマト、ナスなどの夏野菜が実っていた。

「ただいま」

「あらあ。連絡もなぐ、いぎなりだがらびっくりしたじゃ」

「ごめん。夏休みの講習が一区切りついて、お盆も近いがら帰ってきたじゃ。まさか庭さいるど思わねがったじゃ」

「ん、とりあえず田畑の仕事一段落したはんで。盆も近いし草取りしてきれいにしようど思ってさ。」

「なんぼいい家建でだば」

「父ちゃ、一生懸命がんばってくれだおがげだ。仙台は暑くてたいへんだべさ?」

家の新築の借金があるのに、自分は仕送りをしてもらって、しかもいい加減な生活をしている。でも、母はそんなことは一言も口にすることなく身を案じてくれる、大介はそんなことを考えて、ふっと何かがこみ上げてきた。

「ん、暑ばて、けっぱるしか、ねえはんで」

「おめだっきゃ、昔から夏に弱がったがら、心配してらんだよ。ちょっと元気ねえみたいだけど、ほんとうに大丈夫だが？」

「大丈夫。ちゃんと飯食って、睡眠しっかり取ってるがら、心配さねで」

母親には全て見透かされているような気がした。でも心配をかけたくないという思いから、そう答えるしかなかった。心が痛かった。

―母が庭にいたのは、帰ってくることを察知していたから―

なんとなく大介はそう思っていた。


八月十三日は、夕方に墓参りを済ませた。父は次男坊で分家していたので、家に仏壇はなかった。でも祖父母の墓が、すぐ近くの大円寺にあり、毎年家族そろって出かけていた。

大介は、知っている人に会いたくなくて、墓地では家族の最後をうつむいて歩き続けた。それでも、お墓の通路で中学校時代にバッテリーを組んでいた山内幸司を始め、何人かの友達と会った。

「あら、ダイでねが。しばらぐ」

「ああ、どうも」

自分の置かれている立場を考えると、何となく気恥ずかしくて、サラッと通り過ぎた。

父親と一緒に歩くのも一年ぶりだった。いつになく緊張していた。浪人してからは、とにかく父親を避け続けていた。いろいろな想いが交錯して、眼を合わせることさえできなかった。

大介が子どもの頃、父親は絶対だった。それが当たり前の時代だった。何か悪いことをすると、徹底的に怒られた。反省するまで、何時間も暗い部屋に閉じ込められたことも、何度もあった。逆に母親はいつも味方してくれた。

自分に学歴がなく苦労した経験から、父は勉強にうるさかった。しかし、大介は高校入学後から、勉強に身が入らなくなった。勉強勉強とうるさい父への反抗心から、本に逃避を始めるようになっていった。

大介は、期待を裏切り続けていることに対する、後ろめたさのせいで、いつもびくびくしていた。家を逃げ出したくて、いたたまれない気持ちになっていた。


日が暮れた頃から、帰省していた父のいとこのおじさんやおばさんが集まってきた。いつものように座敷で酒盛りが始まった。久し振りに賑やかな風景だった。

大介は、その場に居づらかったが、なんとか笑顔で取り繕った。いつの間にか、自分をごまかすことだけは、うまくできるようになっていた。

宴会が始まって、二時間が過ぎた頃、電話が鳴った。母親が受話器を取った。ひょっとしたら、という予感が当たった。理恵からだった。

「仙台から電話」

　母から目をそらすようにしながら、受話器を受け取った。

「電話代わりました。大介です」

「理恵です。夜分にすみません。今、電話に出た方はお母さんですか」

「そうですけど」

「すごく優しい声ですね」

「でしょ。私も今まで、怒られた記憶がほとんどないんですよ」

「ところで明日は、この間お話しした予定の通り、午後一時過ぎに着く急行でそちらに向かいます。お迎え、よろしくお願いします」

「分かりました。駅に迎えに行きます。ところで、水着持ってる?」

「はい」

「暑ければ泳ぎに行くかも知れないので、持ってきて」

「わかりました。それじゃ明日、よろしくお願いします」

　母親は気になるのか、居間で聞き耳を立てていたようだった。

「関川さんって、下宿の方だよね」

「そう。下宿の娘さん」

「何だって？」

「青森県さ、今まで行ったごとながったがら、知り合いになったこの機会に、是非旅行に来てみたいって」

「日帰りするのが？」

「わがね。とりあえず、相乗温泉さ泳ぎに行ぐ。相乗温泉で部屋空いでれば、泊まるがもわがね」

「相乗温泉だば、金かがるもの。家さ泊めであげでもいいんだよ。お世話になっているお礼も、しゃべねばまねし。家さ連れでこいへ」

「いや、心配さねで」

「んだが」

大介の落ち着かない態度と話の不自然さで、ふたりの関係を察したようだった。しかし父親が近くにいたので、母は気兼ねしてそれ以上話さなかった。何事もなかったように、空になった大皿をお盆に載せて、台所に運んでいった。


【墓参り、死者の香り、風化した墓石、卒塔婆の朽ちかけ、真新しい棺桶の匂い。青春のレクイエムが始まった。

時間に針が刺さり、血がほとばしってできたのが時計。だから正確に刻まれる時刻は、血しぶきが舞うのだ。時間は穏やかなのに、時刻は瞬間が命。一秒の前と後で、時にまったく異なる世界が待っているのだ。まるで合格と不合格のように。時には、その冷酷さで臨終さえ告げる。

こんもり盛り上がった土葬のほとりの柔らかな土に片足を乗せると、死んだ子どもの優しい手のぬくもりが伝わって来た。なぜって、土の中から死者たちが引きずっているから。私の顔に表れた死相がわかるから、ついつい友達と思ってしまったのだ。どうも、二浪疲れで目の下にクマができ、死相ができはじめたみたいだ。

傍らで、アブラゼミがジイジイ騒ぐ。土の中で、先祖たちと会話して来たことを、私たちに伝えるために、鳴き続ける。だからあんなに饒舌なんだ。まるでイタコゼミ。供養しなければ、恐ろしいことがあるよと、鳴き続ける。死者がどんなに言葉に飢えているか、君は知っているのか。お盆にお墓に行くと、悪霊たちのささやきが聞こえる。弱きものは、生きる資格がないとほざいている。誰かが私を狙っている。やっぱりおまえのような、生きる目的もなく、だらだら誤魔化していい加減に生きているような人間は、地獄がふさわしい。

白肌を寄せながら近づいてくる刺客と、勝負する時が迫ってきた。充実した未来を見失って、ただ温いだけの愛欲の生活に溺れて、抜け出す努力さえしないお前は、存在そのものが無意味だ。生きることは地獄だ。もはやお前は、地獄に囲まれてしまった。

エロ、グロ、ナンセンス。前衛、アングラ、状況劇場、天井桟敷、黒テント。生き地獄でろうそくの炎が揺れる。

へび女が、自分を正当化するために叫ぶ。この世で最も強いもの、それは無意味であることだ。意味あるものは揺れる、壊れる、消える。無意味こそが不滅なのだ。例えば、死者のように、闇のように、呪いのように、霊魂のように、そして生きてあることのまぼろしのように。

意味のある言葉なんて、ただのバーゲンセールだ。無意味こそ魂を揺さぶるのだ。人間の言葉なんて、すべてまやかしだ】

XI

十四日午後一時過ぎ、大介は理恵を迎えるために大鰐駅に向かった。理恵は予定通りの時刻に着き、ふたりは少し周囲の目を気にしながら、駅前の喫茶店に入った。

少し時間をつぶした後、駅に戻って奥羽本線に乗り込み、碇ヶ関駅に向かった。十五分ほどで到着し、相乗温泉の送迎バスに乗り込んだ。県境の矢立峠の少し手前にある温泉で、親子連れの帰省客が身近なレジャーで訪れる、地域では最も人気のある施設だった。

まずふたりは、水着に着替えてウォータースライダーで遊んだ。二十メートルほどの斜面を一気に滑り降りるスピード感が、たまらなかった。何もかも忘れて、心から楽しんだ。水しぶきもひんやりして心地よかった。理恵も、見知らぬ土地で解放されたのか、今まで見たことがないほど、ハイテンションだった。

水から上がると、ふたりはゲームコーナーで遊んだ。夕方、大介は意を決したように、初めて宿泊のことを理恵に確認した。

「今日泊まりどうする?」

「どうしようかな」

「母親がうちに泊まってもいいって、言ってたけど」

大介は心の中では相乗温泉に泊まると決めていたのに、さりげなく聞いてみた。もちろん、理恵が間違いなく断ることは織り込み済みだった。

「行ってみたい気もするけど、気を使わせるのも申し訳ないし、あなたの家族に迷惑をかけたくないし……」

「じゃあ、ここに泊まる？」

「そうしようかな。大介さんはどうするの」

「俺は家が近いから帰ろうかな」

そんな気もなかったのに、理恵の反応を見たくて、そう答えていた。

「だめ。今日は、大介さんとゆっくり話がしたいから来たのに」

「はいはい。わかりました」

「ありがとう。なんとなく新婚旅行みたいね。ワクワクしちゃうわ」

「おい、おい。新婚旅行って……、ほんとにもう。理恵さんには勝てないね」

さっそくふたりは、フロントに行った。予想以上の混雑ぶりで、空き部屋がなかったらどうしようと、一抹の不安を抱えながら、運試しのような気持ちだった。

「すみません。ふたりで一泊したいのですが、部屋空いてますでしょうか」

「少々お待ちください」

「大介兄ちゃん、部屋がなかったらどうしよう」

とっさに、理恵は兄妹をさりげなく装った。その素早い対応にびっくりした。女は、表情ひとつ変えず、こんなことができるんだと驚いた。それとなくフロントに聞こえるような声の大きさだった。

「お待たせしました。ひと部屋でよろしければ、二百五号室が空いておりますが、いかがでしょうか」

「はい。お願いします」

「それじゃあ、こちらの用紙にご記入をお願いします。お部屋は、向かいのエレベーターをご利用いただいて、二階になります」

なんとか部屋は見つかった。キーを受け取り部屋に向かった。和風で簡素な八畳ほどの広さの部屋だった。理恵は、長旅の疲れと、プールではしゃぎすぎたせいもあって、縁側のイスにもたれると、まもなく眠ってしまった。

化粧っ気のない顔は、やっぱり高校生だった。寝顔を見ながら、大介の脳裏には、ふっと罪悪感のような気持ちが湧いていた。しかし、流れに逆らえるほどの強さは持ち合わせていなかった。まるで川に浮く木の葉のように、流れにはアンニュイに身を任せていた。

ぼんやりと時間が過ぎていった。大介も少しウトウトし始めていた。暑くてけだるいままに三十分ほどが過ぎた。

ふいに理恵は目を覚まし、驚いたように周りを見回し、座布団に座っていた大介に気づくと、何かを思い出したように安心した表情になった。

「あらっ、いつの間にか眠ってしまっていたんだ。ごめんなさい」

「ずいぶん疲れていたみたいだったよ」

「ああ、すっきりしちゃった。浴衣に着替えようかな」

理恵は、イスから立ち上がり、タンスの前に畳んであった浴衣をかかえて、また縁側の方に戻った。薄いブルーのワンピースを脱ぎ、障子越しにあらわになったシルエットを、さっと浴衣に包み込んだ。

着替えが終わると、テーブルの方に移動し、大介の後ろで止まった。

「ごめんね。遊びすぎて疲れちゃったみたい。一緒にお風呂に行こうよ」

「ああ」

廊下に出ると、少し微妙に離れながら、ふたりで風呂に出かけた。大浴場は、入り口は男女別々だったが、女子風呂から男子の方へは、自由に行くことができる仕組みになっていた。外には混浴の露天風呂もあった。

大介は、まっすぐ露天風呂に向かった。三分ほどして理恵も入って来た。入浴中だった五人の中年の男女の視線が理恵に集まった。

「お兄ちゃん、そっちに行ってもいい？」

「ああ」

理恵は、胸にタオルをあて、興奮を抑えながら、お風呂の中をゆっくりと大介の方に歩み寄った。大介は知っている人と顔を合わせることを恐れて、意識的に顔を山の方に向けた。理恵も合わせるようにした。誰も視界に入らなくなり、ふうと大きなため息をついた。

大介は、緊張をほぐすかのように、湯船の中で大きく足を伸ばし、腹ばいになって両腕の中に顔を埋めた。ふたりとも何とも言えない解放感に浸っていた。久しぶりに入る大きな温泉は、何とも言えず気持ちが良かった。

部屋での夕食を終え、二人で散歩に出かけた。さすがに標高の高い矢立峠の近くは、少し涼しい秋風が吹いていた。

部屋に帰ると、二組の布団が敷かれていた。冷蔵庫からビールを取り出し、コップに注いだ。軽く乾杯をして一気に飲み干した。

疲れもあって話は途切れがちだった。大介はテレビのスイッチを入れた。特に見たいわけでもなかったが、何となく気まずかった。

「そろそろ休もうか」

「うん」

午前零時過ぎ、布団に入った。重い沈黙が流れた。最初は、お互いにぎこちなく何度も寝返りを打っていた。ひとこと言葉を発する勇気が見つからなかった。さすがに理恵も大介の反応を伺うようなそぶりで、息を殺していた。

数分ほど時間が流れた。

「ねえ」

思わず甘えるような理恵の声が聞こえた。「何?」

「そっちに行ってもいい」

「…………」

理恵はそっと布団に入ってきた。暖かな太ももが、大介の太ももに触れた。素肌の温もりは、何とも言えなかった。その温もりが、さっと体を流れ大介の全身がほてりだした。もはやどうにでもなったらいい、そう未熟な大介の青春が叫んでいた。

自分の中で、将来という一本の糸が、ぷつりと音を立てて切れた。糸は激しい勢いで地獄の扉に吸い込まれ、冷静な意識は粉々に砕け散っていた。

すべてを振り払うかのように、二人の世界に没頭した。深くて暗い川に落ちていくような感覚だった。日常とは、完全に隔離された世界だった。今この時だけを生きる。そう決心したような時間だった。

大介は完全に愛に溺れていた。心は押しつぶされて、かけらもなくなっていた。間違いなく破滅に向かっている、そう意識していた。

まさに、青春にとって愛は狂気だった。快感を貪ることで、現実の不安は消えた。理性を串刺しにして、愛の甘い蜜をなめ回すことが至福の時間に思えた。

大介は逃避の絶頂に自分の肉体を預けた。もう現実には、自分の場所はなかった。窓の外には、深い闇が広がっていた。とてつもないほどの大きな不安と、恍惚が錯綜していた。どこかで死を覚悟しなければ生きていけないほど、追い込まれた感覚に襲われていた。

朝方、大介は理恵の寝顔を見つめていた。眠りにつけぬままに、お前は何をしているんだという自責の念にかられた。生きる恐ろしさに激しく体が震え出していた。

理恵は昼前、仙台に帰った。大介は、大鰐駅で見送った後、午後三時から山荘で行われる成人式に出かけた。

　参加は気乗りしなかった。しかし、小学校時代からの友人たちに、一緒に行こうと誘われ、断り切れずに会場に向かった。

　会場に入ってすぐ、初恋相手の山田亜希子がいることに気づいた。中学時代、大介は野球部のエースだった。その時、マネージャーとして部員の世話をしてくれたのが、亜希子だった。遠くに姿を見つけ、軽く手を上げたら、すぐに気づいてくれた。

「アッキー、久しぶり」

「ダイちゃん、元気だった？」

「ああ。会うのは高校卒業以来かな」

「んだね」

「仕事は順調でらの？」

「うん。毎日楽しいよ。今は会社の朝野球チームのマネージャーやってるの」

　亜希子は、高校を卒業した後、地元の信用金庫に就職していた。久しぶりに会ったら、ずいぶんと大人っぽくなっていて、魅力的だった。

「ところでダイちゃんは、今どうしてる？」

「なかなか勉強やる気が出なくて、二浪してる」

「んだのが。たいへんだね。春に合格したら、お祝いにゆっくりふたりで飲もうよ」

「わあ、うれしいな。へばだば、わもけっぱねばまねな」

ふたりで、と言われてなんとなくふわふわした気分になっていた。理恵と別れたばかりだというのに、亜希子の言葉に心を動かされるなんて、男とは何という情けない生き物だろうか。


式典は一時間ほどで終わり、懇親会に移った。さすがに出席者は、ほとんど顔なじみだった。昔の仲間との会話は、全くブランクを感じさせることなく盛り上がった。

驚いたのは、中学校の時に最も優秀で、東北大学に進学した佐藤久子は、中退したということだった。学生運動の過激なグループの一つである中核派の彼氏と恋愛関係に陥り、同棲しながら同志として一緒にアジ演説やデモなどの活動に加わっていくうちに、学生運動にのめり込んでいった、という話だった。

昔の仲間は、この話で持ちきりだった。恋愛はまさに人生を狂わす悪魔だった。青春にとって、愛をどう越えていくかが、人生の分かれ道になるような気がした。まさに、大介にとって身につまされる話だった。

同級生の裕文は、やはり成人式に来ていなかった。大介はそんな予感がしていた。そして、自分は何の意識もなく誘われるままに出席したことに、やるせなさを感じていた。

かつては、文武両道で、一目置かれる存在だったのに、今は周りの人たちが、いきいきと仕事の厳しさや大学の楽しさを語っていた。置いてけぼりを食らったようで、ついつい無口になった。

大介は二浪という宙ぶらりんの立場を、意識から消すことはできなかった。自分からは、積極的に会話に入っていけなかった。居心地が悪く、結局、中学校三年の時のクラスメートと少し話をしただけで、三十分ほどで懇親会を抜け出した。

夜、大介に中学校の野球部でキャッチャーをしていた山内幸司から電話がきた。幸司は、野球のセンスがあり、中学時代は仲間から一目置かれていたが、卒業後は地元で大工をし、兄が暴力団の構成員だったこともあり、「千人連合」という暴走族を仕切っていた。メンバーは十人ほどで、ほとんど毎夜のように車を飛ばしている、と大介は野球仲間から聞いていた。

「もしもし、ダイ？わ、幸司だ。今、スナック『潮』さ居だ。野球部みんなで集まってらはんで、すぐ来いじゃ」

「んだが……わがった」

大介は誘いを断ることがヘタだった。ウソも思いつかず、嫌々ながら行くことにした。スナックに着いてみると、成人式からの流れで野球仲間を中心に、男女十五人ほどが集まり、盛り上がっていた。

飲み会は次の日仕事を抱えている人もあり、午前一時頃お開きになった。帰り際、大介の所に、幸司が寄ってきた。

「家近いがら、おめどマネージャーの亜希子とば、車で送って行ぐじゃ」

「タクシーで帰るはんで、大丈夫だ」

「送るって。任せで」

「んだって、おめ酔ってらべよ」

「ちょこっと飲んだだげだはんで、心配さねくてもいいって」

中学時代から、幸司は亜希子に少し気があるそぶりを見せていた。大介も亜希子に好意を持っていたが、幸司に遠慮していた。当時は、何となく危うい関係だった。

結局幸司に逆らうこともできず、そのまま二人で車の後部座席に乗った。

「せっかくだはんで、鰺ヶ沢さドライブに行ぐが」

大介は、逆らうことが面倒臭くなっていた。

「ああ、任せる」

町を抜ける頃から、車は明らかにスピード違反の速度で走っていた。もし、警察に捕まったらどうしよう、事故が起きたらどうしよう、大介はそんなことばかり考えていた。いつも、何かにビクビクしながら生きることに慣れていた。そして自分の意志の弱さに辟易としていた。

大介は酔いがまわって眠くなり、鰺ヶ沢に着く頃には眠っていた。トントンと肩をたたかれて目を覚ますと、そこは亜希子の膝の上だった。目の前に亜希子の顔があった。目が合った拍子に、大介は微笑みを浮かべた亜希子の顔が愛おしく見えた。お互いに顔を近づけ、軽く唇を合わせた。ごく自然な流れだった。

ふと、起き上がってミラーを覗くと幸司と目が合った。怒りを蓄えた目だった。やばい、何かが起こる。予感が走った。

その瞬間だった。激しいショックに襲われた。体が回転しながら飛び上がり、フロントガラスにたたきつけられた。

数秒後、我に返って、ゆっくり周りを見渡した。右腕から血が流れていた。なぜか、不思議に痛さは感じなかった。車は電信柱にぶつかって、助手席のフロント部分がつぶれていた。

亜希子は座席の下にうずくまって転がっていた。肩をたたくと起き上がり、幸い大きなケガはなかった。幸司も額から血が流れていたが、意識ははっきりしていた。大介は、激しい後悔と、これからどうなるんだろうという不安に襲われていた。

近所の人が通報したらしく、しばらくして警察署員が到着した。三人は鰺ヶ沢警察署に連れて行かれた。事情聴取と飲酒の検査が行われ、幸司は酒気帯び運転で捕まった。事情聴取は翌朝まで続いた。

大介は、自分の弱さにあきれ果てていた。狂いそうなほど、落ち込んだ。初めての経験に、計り知れない恐怖感に襲われていた。

大介は、父が出勤した後の時間を見計らって家に電話をし、状況を説明した。母は、心配そうだった。父が、無断で家に帰ってこないことに対して、ものすごく怒っていたことも知った。

バスと列車を乗り継いで帰宅した。母が心配そうに玄関に立っていた。眠っていなかったらしく、目元が腫れぼったい感じだった。大介は、その日のうちに逃げるように仙台に帰った。

もはやどこにも、安らぎはなかった。全てが悪い方へ向かっていた。自分が、少しずつ壊れ始めていることを意識していた。不安が心の中で妖怪のようにふくれあがっていた。

そして、自分に対して殺意を覚えるほどの、激しい怒りがわき上がっていた。

【―君もまた覚えておけ
　藁のようにではなく
　ふるえながら死ぬのだ
　一月はこんなにも寒いが

唯一の無関心で通過を企てるものを
俺が許しておくものか—
東大安田講堂
『連帯を求めて孤立を恐れず』

昭和四十四年一月十八日、籠城七ヶ月の果てに機動隊が突入した。バリケード、投石、火炎瓶、催涙弾、高圧放水が交錯し、激しい戦場になった。
翌日、大人の欺瞞を問い正した戦いは、気温一・五℃のなかで、びしょ濡れのまま震えが止まらなくなり戦意を失った。そうして、戦いに敗れた東大全共闘の言葉が残された。

無関心は死者の特権だ。生きてあることの証しは戦うことだ。矛盾だらけの社会に対して、戦わないものがいるとしたら、ただの屍だ。さあ、戦え。逃げることは許されない。
今こそ、改革が必要なのだ。なぜなら権力は、決して反省しないのだ。戦わずして、何も生まれない。生きてあることのすべては、戦いの中で勝ち取ってきたものだ。全世界の歴史がそれを証明している。青春の戦いなくして、大人になることはできないのだ。ただ従うだけの人生なんて、生きたことにはならない。

そうして、全てが終わって、後には何が残ったのだろうか。どうせ勝てやしないというあきらめが全身を覆い、思想は、ひたすら過激という、袋小路へ向かうしかなかった。全てが疲れ果て、戦いに死相が現れてくるのだ。

幾度も繰り返された、「悔」をつんざく叫びが、君には聞こえないのか。泥酔の夜更けに私の前に現れては、糸が絡まって身動きができなくなる言葉たちよ。君の臆病さには、ほとほとあきれたよ。

私の中に残されたのは、もうたったひとつしかない。何もかも忘れるための愛だけだ。愛はこんなにも未熟だが、深く深く溺れることができるのだ。

愛は孤立だ。閉じこもりだ。卑劣なる逃げだ。八月の暑さに騙されてはいけない。生きるとは一月のように震えながら死ぬことだ。おまえは何のために生まれてきたのだ。人の未来のために戦って、初めて存在が認められるのだ。愛とは、心を破壊させる覚醒剤でしかない。

君もまた覚えておけ。悪が君臨する世の中では、誰も心を持たなくなるのだ。気がつけば、過激派たちの隣まで来てしまった。

戦え、自分と。戦え、命と。ゲバ棒でたたきつぶせ、黒い血を流し尽くすまで。

生きることは汚れることだ。泥にまみれてあがき苦しむことだ。泥水を飲んでこそ、湧き水のうまさがわかるのだ。泥を知らない奴らに水を語る資格はない。さあ、浴びるほど泥を飲んで生きていくのだ。

あのブッダは言ったのだ。『自分を変えることが唯一の救われる道である』『自分を救うのは自分である。他の誰が救ってくれようか』分かりきっているのに、まるで変えようとしないお前は、救いようのない人間なのだ。さあ、深い泥の中で、もがき苦しめ】

XII

九月十九日、大介は理恵に、家庭教師の時間にどうしても話したいことがある、と言われ、明日の夕方、長町駅前の喫茶店で会う約束をした。胸騒ぎがした。改まっての話って何?·どうせいい話なんかあるはずもなかった。ひょっとして?

理恵は、ちょうどテスト週間が始まり、部活動は休みだった。大介が、待ち合わせ時刻の午後五時少し前に店に入ると、理恵はもう待っていた。いつもと違う表情だった。元気のなさそうな顔をしていた。

「待たせてごめん。早かったね」

「いや、私も今着いたばかりです」

「ところで話って何。気になって夕べは寝付けなかったよ」

「うん……。ちょっと困ったことが起きちゃったの。あれから生理がないの。いつも月末頃に来ていたのに」

やっぱり。最悪の予感が当たった。こんな事態は当然予想できたのに、避妊の準備をしていなかった。しかも相手は高校生なのに、なぜ無責任な行為をしてしまったのだろうか。自分は受験生で、責任をとれる状況にさえなかったのに。

いつもの自己嫌悪が始まった。こんな生き方しかできない自分が、本当に嫌になった。理恵の顔をまともに見ることもできず、うつむいたまま、大介はつぶやいた。

「病院に行ってみたの？」

「ううん、まだだけど。でも、最近ほとんど狂ったことなかったから。テスト終わったら行ってみるよ」

頭が真っ白になった。いざ、この状況に置かれてみると、激しい後悔の念に襲われた。優柔不断で、流れに身を任せてしまう自分の行動に、嫌気がさしていた。

「ねえ、大介さん。もし妊娠していたらどうしよう」

「ちょっと話が急すぎて、頭が混乱しているから、もう少し考えさせて」

「いつまで？」

「三日、待ってくれない？」

「私は産みたいんだけど」

理恵は大介の反応を確かめるように、まっすぐに顔を向けて話した。大介が自分のことを本気で心配してくれているのかどうか知りたい、そんな表情だった。

しかし、大介は視線を合わせなかった。あまりのショックで何をどうすればいいのか、何も考えられなかった。自分のふがいなさにあきれ果てていた。とりあえず先延ばしすることしか思い浮かばなかった。


三日後、同じ店で待ち合わせた。理恵は十五分ほど遅れてきた。

「ごめんなさい。遅れちゃった」

「ああ、いいよ」

生返事をした後、しばらく沈黙が流れた。大介はものすごく長く感じていた。お互いに気まずいものを感じていた。重い空気に耐えられずに、大介が先に口火を切った。

「今の自分の置かれている状況って、厳しいんだよね」

「厳しいから、どうしたの」

「いや、少しは理解してほしいな、と思って」

「堕ろして欲しいってこと」

「できれば」

「私は産みたいって言ったはずよ」

「だって、あなたは高校生だし、俺は受験生だよ。自分で責任とれる状況にないし」

「じゃあ、なぜ避妊してくれなかったの」

「だって誘ってきたのは、あなたでしょ。雰囲気を壊したくなかったし……」

「私のせいってこと?」

「いや、両方に責任があるかな、と思って」

「避妊は男の責任でしょ。私の体はどうなってもいいの。こんなに悩んでいるのに、あなたにとっては他人事みたいね」

「いや、ごめん。もう少しだけ考えさせて」

大介は言葉を失った。どうすればいいのか、解決法が見つからなかった。相談できる人もいなかった。思考力の限界を越え、土壇場に追い込まれていた。

毎日、イライラが募った。おとなしく本を読む気にさえならなかった。

五日間ほど、朝から晩までパチンコ店にこもった。持ち金を使い果たし、とうとうサラ金に手を出した。来月返せるように、二万円借りた。その先の生活のことは考えていなかった。

九月二十六日、家庭教師の最後の日を迎えた。疲れ切った表情で理恵の部屋を訪れた。明日から大切なテストが始まるので、そのための勉強を手伝う予定だった。しかし重苦しい空気が漂っていた。

理恵は感情のない冷めた表情をしていた。しばらく沈黙の時間が流れた後、大介は思い詰めたように重い口を開いた。

「覚悟決めたよ。俺、受験をやめて働くから産みたければ産んでもいいよ」

ふと、理恵の顔に笑いがよぎった。

「あら、ありがとう。……いやあ、びっくりしちゃった。おといさあ、いきなり生理が来るんだもの。ごめんなさい、心配かけちゃって」

大介は、ふうっと安堵のため息をついた。同時に、疑心暗鬼にかられていた。普通であれば、うれしいことだから、すぐに教えてくれても良さそうなものを、大介の考えを確認してから、おもむろに話し始めたのはなぜ。ひょっとして試されたのかな、そう考えざるを得なかった。

初めて、理恵を少し怖いと感じた。男友達には感じたことのない、背筋がぞくっとするような感覚だった。女性の心の裏側に隠された「狂気」をみたような思いだった。

「よかったね」

とりあえず、その場は取り繕ったものの、心の中には、暗い闇ができていた。理恵はなぜ試したんだろう。カラカラと、愛の積み木が音を立てて崩れていくのがわかった。

あの日から、お互いにぎくしゃくし始めた。理恵の表情は、愛情が冷めてしまったように見えた。笑顔を見せることもなくなった。

大介は、少し未練を引きずっていた。確かに理恵の行動に、疑心暗鬼になったが、自分のいい加減さが、まいた種であることも自覚していた。

それでもどこかで理恵を手放したくないという想いが強かった。ひとりぼっちになることが怖かった。自分を理解してくれる人が、近くに欲しかった。愛への逃避の心地よさが、心の片隅に強烈に残っていた。

約束通り、家庭教師も終わった。ゆっくり理恵と話をすることもなくなった。受験生にとって、最も集中しなければならない時期なのに、大介は気力がわいてこなかった。

何もかもが、空回りを始めた。何もする気が起きなかった。ただ不安だけが、際限なく膨らんでいった。精神的に追い込まれ、閉じこもっていった。心がひび割れていく音が聞こえ始めていた。死への誘惑に負けそうだった。

【この無様な人生、卑屈、うちのめされ、目まい、すべてに愛想を尽かされて、傷をなめ震えながら眠りにつく、野良犬たちの夜が来た。すべての歯車が狂って、いのちが無間地獄へ転げ落ちる。凍てつく季節が来て、吐息がかじかむと、木枯らしの情念たちが、乱舞を始める。温もりを探す野良犬は、汚れた毛を逆立てたまま思い出にへばりつき、当てなく今日をさまよう。

命ふらふらと心ゆらゆらと、ぬくもりをどこまでも探し続ける。ああ、どうにもならぬ恋唄ひとつ、形見になって雪化粧。

どこ行くあてなき道ばたで、肩を寄せ合う晩秋は、想いのすき間に消え果てた。寝床なき野良犬は、捨てられ心揺さぶられ、ひたすらに過去をさまよう。

生きてふらふらと涙ゆらゆらと、ぬくもりをどこまでも探し続ける。ああ、心のひだのふれあいひとつ、時間が折れて恋挽歌。

場末のストリップ劇場の幕が開く。前座の無名の歌手が、誰も聞きもしない『青春狂気ブルース』という演歌を歌い出す。胸の開いたワンピースと濃いめの化粧で、男を誘うかのように歌う。

薄汚れた野良犬がお似合いの人生は、誰も手さえさしのべようとしない。誰も聞きたくもない唄を歌う悲しみは、行き場を失って、掃きだめで眠る。同情にすがることさえできない人間は、いったいどこで生きればいいのだろうか】

ＸⅢ

十月末、大介は悶々とした日々を過ごしていた。自殺願望が津波のように、心の防波堤を乗り越え始めていた。辛い苦しい悲しい。心にある泥を命と一緒に吐き出してしまいたかった。自問自答が続いた。

受験、恋愛、生き様、性格、自分の何もかもが許されなくなってきた。破滅するよりなかった。戦う意志がない、明日が見えない、覚悟がない。そしてあるのは狂気だけ。自分を責め立てる時間が多くなった。

大介は、この何日か命がけで徹底的に考え抜いた。道は二つしかなかった。立ち上がって明日を目指すか、座して死を受け入れるか。

今まで、受験と真っ正面から向き合うことはなかった。自分の弱さにあきれ果てていた。がんばらなければいけない、というのがわかりきっているのに、できなかった。人間失格だった。

そうして、苦しみ抜いた果てに覚悟を決めた。すべてを忘れて没頭するために、勉強に集中する。最後の戦いに賭けるしかない。それでダメなら生をあきらめる。死を持って償う。涙があふれてきた。いのちは、闇の中で白装束をまとっていた。

翌日、上下白の服装で近くの神社に出かけた。神に誓うためだった。過去と縁を切った。自分の弱さを封印し、心を一新したことを神に報告した。

大介は、自分を変えるために、すべての悲しみを絞り出し、サナギになった。全てを遮断し、覚悟という言葉に命を預けることにした。最後の最後に、覚悟という言葉は神様がくれたものだと直感した。

合掌の時、一粒の涙がポロッとこぼれた。迷いも邪念もすうっと消えた。心が透明になった。あらゆる煩悩が去り、欲望に揺れ動くことがなくなった。

ただ黙って、勉強という一点だけを見つめて生きる。心の中から他のいっさいが消えたとき、初めて自分の人生の扉が見えてきた。今まで何を悩んでいたのだろう。


十一月一日、大介は決意を実行する日を迎えた。二十歳の誕生日だった。

午後、本屋に行って百ページほどの数学の大学入試問題集とノートを買い、まっすぐ下宿の自分の部屋に帰った。夕食、入浴を終え、時計は午後八時を指していた。きれいに削ったエンピツ五本と消しゴムとナイフを机の横に置いた。

三日以内にこの問題集一冊を解き終える、と心に誓った。難しい問題は、傍らのチャート式参考書を見て解くことにした。どんなことをしても、必ず達成してみせる。覚悟を決めた。真っ白な命を賭けた。

「覚悟」という言葉は、すごかった。まさに、侍のように切腹を賭けていた。心に曇りはなかった。気負いもなかった。静かに集中していた。今まで味わったことのない感覚だった。

がむしゃらに解きまくった。一睡もすることなく朝まで解き続けた。まだ自分の中に、こんな力が残っていたことに、大介は驚いた。勢いは衰えることを知らなかった。辛いとか苦しいという感覚は全くなかった。まるでマラソンランナーが一歩ずつ足を踏み出すように、ひたすら一問ずつ前に進んだ。

二十四時間が経過し、二日目に突入した。解答のペースも予定通り進んだ。充実感があった。がんばっているうちに、少しずつ楽しい感覚が芽生えてきていた。眠気は全く感じなかった。

四十八時間になった。さすがに疲労が襲ってきた。白いノートは真っ黄色に見えるようになり、直線は大きく弧を描いて見え始めた。肩は百キロの重りを背負っているかのように、動かすことができなくなっていた。でも集中していたせいで、眠気だけはなかった。まだこんな体力があったとは驚いた。自分のすごさに感動すら覚えた。

自分がこんなにもがんばれる人間だったなんて、考えもしなかった。今までの自分はなんだったんだろう。意識が今までとまったく違っていた。

人間は弱い。だから、どん底に落ちたとき、そのショックで自分が壊れるか、自力で傷を修復し這い上がるか、どちらかである。その勝負を左右するのが「覚悟」という言葉であることを実感していた。休もうとかは、全く考えなかった。

三日目の夕方六時、七十時間経過したところで、一冊の問題集を解き終えた。奇跡が起こった。震えた。外に出て、心の底から叫び回りたいと思った。今までまったく感じたことのないような達成感がこみ上げてきた。がんばった後って、こんなにすばらしいんだ。

自分は生きている、初めてそう実感した。頬を涙が伝った。夕食、入浴を済ませた後、死んだように眠った。

二日後、朝から模擬試験を受けるために、予備校に向かった。新鮮な気持ちだった。生まれ変わった自分がいた。数学の問題用紙を見たときに、今までであれば「難しそう」という印象を受けたのに、今回は、あっ、あの問題とほとんど同じだ、と自信を持って解くことができた。結果は、予想以上だった。なんと、予備校の数学成績優秀者一覧に名前が掲載された。受験生生活の中で、初めて自分に自信を持つことができた。

【今までおまえは何を悩んでいたのだ。滑稽だぜ。生きるということは楽しむということだ。楽しむということは努力して勝ち取るということだ。もはや悩むことは何もないのだ。今すべきことはただ一つ、努力だけだ。

野球がヘタな人は、野球がおもしろくない。でも、精一杯練習して、ホームランが打てるようになったり、ファインプレーができるようになったら、楽しくて仕方なくなる。生きるとはそういうことだ。楽しさは努力の後に無限に広がっているのだ。

たった一度の人生だ。楽しくなくて、なんの生き甲斐ある人生ぞ。楽しく生きるために、自分が置かれている状況の中で、努力を尽くすことだ。置かれた状況を恨みっこなしで、黙々と頑張ることだ。楽しく生きるためには、努力で克服していくしかない。

生きることはこんなに簡単なんだ。悩むなんて考えられないのだ。人生には、悩むという言葉は存在しないのだ。悩んでいる人は、努力しなくてすむ屁理屈を考えているだけなんだ。苦悩なんて、全くのごまかしの言葉だ。悩んでいる暇なんかない。悩む前に全力を尽くせ。

さあ、今日からは命がけで生きるぜ。置かれた状況でベストを尽くす。他に何があるというのだ。まさか自分が生まれ変われるとは、お釈迦様でも気がつくまい。どんなことも乗り越えてみせる。生きるとは、一生懸命やっていることを信じることである。

サア、アンタハン、コレカラライキルゼヨ】

ⅩⅣ

一つの自信が、こんなにも人生を変えるとは考えてもみなかった。苦手の英語も努力によって、飛躍的に得点が伸びた。その後の必死のがんばりで、とうとう十二月最後の模擬試験で、第一志望の山形大学医学部が合格圏内に入った。

初めて大介の人生に明るい光が届いた。今まで、闇の中をさまよっていただけに、光のありがたさが身にしみた。そして、闇の生活を乗り越えたことが、自分の大きな財産になった。不安の中での狂気との戦いから、やっと抜け出すことができた。

二月十日、大介はとりあえず肩慣らしを兼ねて、首都圏の私立大学医学部を三校受験するために仙台から上京した。親からは、五校分の受験料をもらい、二校分は、残っていたサラ金の借金の返済に充てた。何とか親にはばれずに済んだ。

東京農業大学に進学していた、友達の佐藤和樹の安アパートに、一週間居候して大学受験に臨むことにした。和樹は高校のクラスメートで、正月に帰省したときに会って、連絡先を聞いていた。

午後三時頃、上野駅に到着しホームに降りた。修学旅行以来の東京だった。大勢の見知らぬ人がいた。しかし、寂しさや不安は感じなかった。不思議な場所だった。

あちこちから東北なまりが聞こえてきて、自分がどこに来たのか、一瞬解らなくなった。駅ホームの混雑ぶりは、経験したことがないほどだったのに、疎外感は感じなかった。むしろ、仙台よりも東北らしく、懐かしい気持ちになった。

人混みの流れに身を任せ、改札方面に向かうと、向こう側で和樹が手を振っているのが見えた。

「わざわざ、迎えに来てけで、どうも。しばらく世話になるはんで、よろしぐ」

「何も気にさねんで。久しぶりだな。ダイ、おめ何も変わってねな」

「電話でしゃべたばて、一週間世話になるはんで、よろしぐ頼むじゃ」

「今回は、国立大学の肩ならしだべ。あんまり、気使わねはんで」

「んだ。気使わねくていいよ」

アパートは、東急世田谷線の松陰神社前の駅から、五分ばかり歩いたところにあった。築五十年は経過していそうな、古い建物だった。二階建てで、三畳間の部屋十室以外の台所、トイレは共同だった。玄関には散らかったままの運動靴が五足ほどころがっていた。いかにも学生アパートという感じだった。

「かなり汚ねばて、我慢してけ」

「まあ、学生の住んでいるアパートなんて、こんなもんだべさ。ところで、住人は何人いるの？」

「一階と二階にそれぞれ五人ずつ。わ以外は近ぐの国士舘の学生。バイトで知り合った友達に誘われで、春に、こごさ移ってきたの」

「何のバイトやってらの」

「日曜日だげ、パチンコ屋の店員やってら。ちょうど三日前に年度末の試験終わって、ヒマになったどご」

和樹の部屋は二階の真ん中だった。部屋の敷きっぱなしの布団の上には、週刊誌の『プレイボーイ』が何冊か無造作に置かれていた。横の小さなテーブルの上には電気コンロと鍋があり、買い物袋の中にはインスタントラーメンが何個か入っていた。

大介は大学生と受験生の置かれている立場の違いを感じ、少しばかりこれからの生活が心配になり始めていた。

夕方、むさ苦しい風貌の男子が二人帰ってきた。ほどなく共同の台所で料理を始める音が聞こえてきた。三十分ほどして、和樹の部屋のドアをノックする音がした。

「カズ、入るよ」

「ああ」

隣の部屋の学生だった。

「あれ、友達？」

「高校の同級生の大介」

「大介です。一週間ほど泊まっていく予定です。よろしく」

「悟です。今、野菜炒めいっぱいつくったから、下の部屋の義弘も入れて、俺の部屋でみんな一緒に、晩飯食べようよ」

隣の部屋を開けると、隅に布団が丸めてあった。真ん中にこたつがあり、形の違う四つの皿に野菜炒めが盛られ、大きな皿には、にぎりめしが八個あった。

窓の下には、サン白のウィスキーと麻雀パイが置かれていた。部屋の中は、酒や男の汗や生活の匂いが混じった無頼風な雰囲気が漂っていた。まさに、むさ苦しい貧乏学生の世界だった。

「晩飯が終わったら、四人で麻雀しようよ」

大介は何となくいやな予感がした。悟には食事の準備をしてもらったという思いもあり、少し気が引けたが、受験のこともあり誘いを断ることにした。

「すみません。麻雀はあまりやったことがないので、無理です」

「大丈夫、教えてあげるから。今日はいつものメンバーがバイトで遅くなるから、帰って来るまで付き合ってよ」

青春の狂気は、相手の立場など考えなかった。今をどう楽しく過ごすか、それだけだった。大介は結局、受験のことは言い出せなかった。周りに何か強くお願いされると、断り切れなかった。それが、自分の性格の一番の欠点であることは自覚していた。

受験直前の自分にとって、許されないことだ、ということは分かっていた。やっとの思いで、自分を立て直して頑張ってきたのに。和樹も困惑したような表情を浮かべたが、何も言い出せず大介に任せた。

結局、大介は強く断ることができないまま、ずるずるとマージャンをやる羽目になってしまった。神様のいたずらか、開始早々にいきなりバイマンをあがった。その後も勢いに乗って大勝ちが続いた。

結局、自分からやめると言い出せないまま、朝まで続いた。いつものメンバーは、帰ってこなかった。サン白も空っぽになっていた。

大介は高校時代から、いとこの幸彦の家で、何回かマージャンをやっていた。賭けのない遊びだった。だから、何となく雰囲気だけは分かっていた。

しかし、本格的に賭けてやってみると、今まで経験したことがないほど、燃えている自分がいた。心理面も含めて奥深く面白いゲームだった。気がつくと、パチンコにはまったとき以上に熱中している自分がいた。

その日から徹マンが続いた。春休みが始まった学生たちは、午前寝て午後バイト、そして夜麻雀が日課だった。大介もその流れに身を置いた。午後にいくらか勉強をしたが、集中力もないまま、まったく頭に入っていかなかった。

受験生という状況と、今の姿の完全なる矛盾に、またしても何かが狂い始めていた。しかし、もはや自分をコントロールできなかった。ほとほとあきれ果てた。

自分という人間の、どろどろとした救いようのない悲しい性を、意識せずにはいられなかった。心の奥深くに、狂気という情念が住み着いていることを悟った。はっきりと、お前は終わったという、もうひとりの自分の声が聞こえた。


結局、大学の受験には行かなかった。受験料や旅費を出してくれた親を、またしても裏切ってしまった。どんな顔をして家に帰ればいいのか、考えるだけで恐ろしかった。そこから逃避するために、すべての思考を停止させた。

【自分には不幸しか似合わない。まるで魅入られたように、神様は不幸を選択することしか許してくれなかった。だから、いつも深い暗黒の海の中で生きてきた。

自由とは、目の前にある危険な急坂で、自分を遊ばせることだ。過去なんてどうでもいい。知ったこっちゃない。急斜面に怖じけづいて、逃避して前に進もうとさえしないお前は、転がって転がって傷だらけになって血を舐めながら生きることしかできない。そうして転がり落ちた暗黒の海で溺れるのだ。

地獄は、悪人が幸せな人生を歩んだときのためにある。いくら言葉でごまかしても、地獄にたどり着いた途端、悪人は舌を抜かれて、すべての言葉を失うのだ。閻魔大王はすべてをお見通し。周りを地獄に囲まれてしまったら、もはや笑うしかない。青春の何もかもが狂気におぼれて、暗黒の海で真っ黒に汚れた顔で笑い尽くすのだ】

XV

　とうとう大介は、すべての居場所を失った。東京から帰った後、仙台の下宿を引き払って大鰐に戻った。親に合わせる顔もなく、部屋にこもった。まるで精神病者のように振る舞った。両親は、気を使って受験の話はしなかった。

　二月二十八日、テレビでは連合赤軍の『あさま山荘立てこもり事件』を終日放送していた。警察に追われ、極寒の群馬県の山中を逃げる中で、極限まで追い込まれ、総括という名のリンチ殺人を繰り返していた。

　そして、管理人の妻を人質にあさま山荘に立てこもり、警察との壮絶な銃撃戦が始まった。袋小路に迷い込んでしまった学生運動のなれの果てだった。極限に置かれたときの人間の異常さ、そのものだった。

　若者の戦いの時代が終焉を迎えようとしていた。狂気は地中深く埋葬され、平穏な時代に取って代わろうとしていた。狂気の時代の何もかもが終わりを告げようとしていた。世紀末のような閉塞感漂う日常が続いていていた。

翌日から一週間ほど、大介は座禅を組んだ。死を見つめた。自分が許せなかった。どうやって最期を迎えるか。ずっと考え続けた。

そんな中で、まだ決戦が残っていることに気づいた。本命の山形大学の入試まで、ひと月近く残っていた。負け犬のまま終わるのではなく、残された決戦に勝負をかけ、その結果を見てから人生に対する結論を出そう、そう決意した。

とりあえず、気が狂ったかのように、ひたすら勉強に打ち込んだ。全力で努力すれば、たとえ三日間しかないとしても、結果を出せる。十一月の数学のがんばりの自信が、心の片隅に残っていた。だから、自分のすべてが空っぽになるほど集中した。

三月二十一日、大介は、急行『津軽』で山形に向かった。受験生や首都圏へ就職に向かう人々で、車内は混雑していた。津軽なまりと秋田なまりの言葉が、遠慮気味に交錯していた。

山形大学の受験は最高のコンディションで臨むことができた。座禅を組んでいるときのように、無の心境で全力を傾けることができた。今までになく手応えがあった。そして無事に終えて大鰐に戻ると、思いがけず理恵から手紙が届いていた。

最愛なる大介さんへ

大学の受験、たいへんお疲れ様でした。我が家に下宿していた宇田さんと北川さんは、無事、東北大学工学部に合格したそうです。ぜひ、大介さんにも第一志望校に合格して欲しいと毎日祈っています。

大介さんが山形大学に合格したら、来年は、私も是非受験したいと考えています。いつか再び会える日を楽しみにしています。大好きな仙山線で行けば、そんなに時間もかからず、日帰りもできます。だからとても楽しみにしています。

あれ以来、あなたのことをゆっくり考えてみました。優柔不断で人任せなあなたがいやだと、思うときもありましたが、たぶん浪人生活のせいかなと思えるようになりました。これを乗り越えたら、きっと自信をもち、優しく思いやりにあふれた本来の素敵な大介さんに戻れると確信しています。

今まで私のわがままで、いろいろご迷惑をおかけしてきました。大介さんの置かれた立場を考えて、いろいろ悩みました。このまま付き合っていっても、きっとお互いにだめになってしまう、そう思うようになりました。

とにかく大介さんを試すような、たいへん不愉快な思いをさせてしまったことを深く謝ります。十一月からの大介さんのがんばりには感動しました。だから絶対合格できると信じています。もし合格したら、是非連絡をください。

最後になりますが、受験生なのに、家庭教師として色々ご指導いただき、ありがとうございました。おかげさまで自信を持って勉強をがんばることができるようになりました。

母も、たいへん心配していました。家庭教師をお願いして負担をかけてしまったかな、と悩んでいました。だから大介さんには、なんとしても合格して欲しい、という気持ちが強いようです。

最高の結果をお祈りしています。

理恵より

一週間後、地元の新聞の大学合格欄に、松井大介の名前があった。

今まで味わったことがなかったほどの感動だった。やっと半端な生活から抜け出すことができると、ほっとした。友人や親戚からもひっきりなしにお祝いの電話が来た。こんなに心から喜んだのは、人生で初めてだった。両親のうれしそうな顔が印象的だった。初めて親孝行ができたような気がした。

とりあえず仙台にも電話した。理恵もおばさんも自分のことのように喜んでくれた。黙っていても顔がほころんでくるほど、幸せな日々だった。

そして、人生で最も幸せな一週間が過ぎた。

【何がどうなったのだ。あんなにあふれていた言葉が、消えてしまった。この一週間まったく息を潜めて、姿が見えなくなってしまった。どこへ行ったというのだ。苦悩が消えた途端、言葉も消えてしまった。言葉はすべて苦悩の裏側にへばりついていたのだ。何ということだ。今頃気づくなんて。

幸せには言葉は必要ないのだ。言葉は、苦しみを少しでも軽くするために、神様が作ったのだ。

俺の体には、汚れた言葉が溶け込んだ黒い血が流れている。無頼なる物書きの生き様しかできない人間だということに、今頃気づくなんて、何ということだ。黒い泥の中で築き上げた言葉の世界でしか、生きていけない人間だったなんて、哀しくて悲しくてやりきれない。

俺にとって最も大切なことは、保証された未来でも、プライドでもなくて、黒く汚れた言葉を命を賭けて磨き上げ、輝かせていくことだったのだ。苦悩からこぼれ落ちた言葉を、夢中になって拾い集めているときが、一番幸せだったと、今、気がついた。

根っからの破滅型物書きの端くれなのだ。言葉を失ってしまったら、もはや生きていけない。周囲が歓喜の声を上げればあげるほど、俺の絶望は深まっていく。もはや、俺が歩いて行く道はどこにもないのだ。平穏な未来と死んだ言葉のどこに感動があるというのだ。どこに輝きがあるというのだ。

俺にとって、生きてあることはすべて狂気だった。真夜中に泣きながら青春狂気ブルースを唄うことが、生きる証しだった。

最後に一言だけ言わせてくれ。人生の二十年も五十年も百年も、あっという間。生きてあることのたったひとつの真実、それは、いのちはすべて幻であるということ。幸せほどつまらないものはない。絶望こそ、最も生きていることを実感できる唯一のものだった。

戦いは絶望から生まれ、歴史になった。文学は絶望から生まれ、文化になった。まさに、いのちは絶望から生まれるのだ】

大介が、「荒唐之言」という日記を書こうと思ったのは、あふれ出てくる言葉を書き留めるためだったが、もちろん「文学作品」ということも意識していた。自分を救ってくれた数多くの文学作品を、いつかは自分でも書き上げてみたいと、いつも思って生きてきた。だから、「日記」と言いつつも、文学を意識して、日常の身の回りの出来事とか、個人的なつまらないことは極力避けてきた。

将来、「荒唐之言」を推敲を重ねた上で、文学作品として本にすることが大介の夢だった。大学生活と「荒唐之言」が両立できれば文句なかったのに、言葉を失ってしまった今、何をどうすればいいのか、わけが分からなくなっていた。

大介にとって最も大切なものは、未来の安住ではなく文学だった、この一週間ほどで、改めて思い知らされた。文学に埋もれてきた大介には、骨の髄まで言葉がしみこんでいた。感動、熱中、解放、すべて文学のなかにあった。絶望があったからこそ、文学に熱中し、自分を解放できたのだ。だから、いかなる理由があれ、言葉を失うことは夢を失い自分を失うことだった。

―あゝ　おまえはなにをして来たのだと……―

そんな中也の言葉を残して、翌日、大介は服毒自殺した。

「後記」

妻が亡くなって十五年ほど過ぎた。亡くなってまもなく遺品を整理していたら、妻のタンスの引き出しの奥から、「荒唐之言」と表書きされた大学受験生時代の私の日記帳が出てきた。

受験生時代はまったく勉強に集中できず、ひたすら逃げ回っていた。テストが近くなると無性に本が読みたくなり、詩や小説を書きたくなった。それが高じて活字中毒になり、文庫本を読みあさり、夜毎あふれてくる言葉を日記帳に書き殴るようになった。

やがて逃避行動に嫌気がさし、自己嫌悪や自殺願望に取り憑かれるようになったが、書くことに集中することで、かろうじて心のバランスを保つことができた。だから日記帳といっても日々の出来事は書かれてなかった。

十数冊ほど書きためたなかで、学生時代一番大切にしていた「荒唐之言」を妻が密かに持っていたとわかったときは、少し動揺した。結婚前にすべて処分したはずだったのに、なぜ妻に渡ったのか知る由もなかった。

亡くなって数ヶ月ほど経ち少し落ち着いた頃、読み返してみると、苦しさから逃避し続けたあの頃の記憶がよみがえり、ただただ赤面するしかなかった。

それでも妻は私が書いた文章が好きで、教員をしていた頃、冊子や学年だよりなどにエッセーが掲載されると、いつも褒めてくれた。そんな妻の思い、どん底時代のもがき、青春の狂気、いろんな記憶が交錯するなかで、せっかく見つかった一冊に鎮魂の思いを込めて本にしてみたいという気持ちがだんだん強くなった。

そして「青春狂気ブルース」の完成が間近になった頃、なぜか「荒唐之言」と表書きされたノートが突然消えた。きっと妻がこっそり取りに来たのだろう。

野良生治（のら しょうじ）

1951年青森県南津軽郡碇ヶ関村生まれ。

弘前高校、弘前大学理学部生物学科卒。

柏木農業高校、浪岡高校、大鰐高校、弘前中央高校教諭などを経て、同高校教頭、大湊高校校長を歴任し退職。

その他、弘前高校、弘前南高校、黒石高校、弘前文学学校の講師など。

◆主な著作など

詩集	「悔草」（73年）
	「時の外（はずれ）から」（02年）
	「初期微動」（12年）
	「妖怪たちの夜」（15年）
	「津軽エレジー」（16年）
	「昭和挽歌」（20年）
小説	「津軽鬼面舞」（19年）
	「碇ヶ関物語」（22年）
エッセイ集	「青春に届けたい言葉たち」（12年）
作詞	「碇ヶ関音頭」（89年）

青春狂気ブルース

著　者　野良　生治
〒〇三六－八〇九五
弘前市城東一丁目六－十一
ＴＥＬ　〇九〇（一四九四）八九七九
発行所　㈲北方新社
〒〇三六－八一七三
弘前市富田町五二
ＴＥＬ　〇一七二（三六）二八二一
印刷所　㈲小野印刷所
発行日
二〇二三年十一月十五日
ISBN 978-4-89297-302-4　C0093